和风录

红豆年糕汤

暖胃暖心的餐桌故事

〔日〕
太宰治
织田作之助 等
著

黄碧君
译

中国出版集团
中译出版社

目录

随　笔

小　说

写在前面

昔日的餐桌：
日本巨匠作家笔下的味蕾物语

◎廖秀娟（元智大学应用外语学系副教授）

本书中精选六位作家——北大路鲁山人、太宰治、正冈子规、冈本加乃子、堀辰雄、织田作之助——的作品，透过描写食物来展现生命的无奈卑微，或以暴食与呕吐的无尽循环来证明生命的存在，或以抽象与梦境来幻化食欲，或是如《寿司（鮨）》一般碎解食物来展示母爱，抑或以两碗红豆汤来呈现蝶子无可救药的痴爱执迷。借由这些作品的集结，将芸芸众生凡夫俗子们的贪、嗔、痴化作食物中的色、香、味，搭配鲁山人的精湛摆盘，在此华丽上桌！

太宰治：啤酒之心

在现代的日本，啤酒可说是最能代表日本餐桌的酒精饮料。“总之，先来杯啤酒吧！”由这句话即可明了，啤酒已经完全融入了日本社会，成为庶民文化中不可或缺的存在，然而这也容易让人忘了啤酒曾经是象征时髦风潮的舶来品。1853年随着美军黑船来袭，日本被迫开国、开港，横滨、神户、函馆等地因开港的缘故，西方饮食逐步引进，由黑麦酿造的啤酒也随之进入日本，悄悄地渗入了文学作品之中。

一提到啤酒，最有名的文学作品莫过于夏目漱石于1905年所发表的《我是猫》。故事中猫的主人，中学教师珍野苦沙弥，因为学生多多良三平凑巧带了四瓶啤酒来访，一伙人痛快畅饮，众人离去后猫舔着众人喝剩的残酒。虽然猫以溺毙收场，但是猫喝完啤酒后飘然忘我的快活感，倒也让爱酒人士心有戚戚焉。时间进入战争时期，对喝酒快活飘然感的描写消失不见，取而代之的是为了一解酒瘾而陷入的窘境与无奈。二战爆发后日本食物进口途径中断，物资大量缺乏，为了使有限的食物能够公平地分配，开始了配给制度，主食稻米以及调味料如味噌、酱油、砂糖、酒都受到严格的管控，因此以稻米为酿酒原料的日本酒，以及由大麦酿造的啤酒等酒类产量大减，形成了黑酒在黑市上流通的情况。

在太宰治的作品中经常可以看到有关于酒的描写，不论是战前的《十二月八日》《佳日》《作家手札》，还是战后发表的《维荣之妻》《斜阳》《人间失格》等，不胜枚举，但是以酒为题的作品则仅有三篇，分别为《厌酒》《戒酒的心》《酒的追忆》，本书中收录了其中两篇。《戒酒的心》是以戏谑的口吻，来嘲弄爱酒人在这物质不足的年代中，如何卑微乞求涓滴美酒；而战后发表的《酒的追忆》，则是描写与舞台演员丸山定夫的交流，与他来访时一同饮酒的回忆。文中的高潮应是太宰接受丸山的邀请，两人一同前往秋田饮酒店开怀畅饮秋田美酒，当天是 1945 年 3

月 11 日，适逢东京大轰炸的隔日，或许是大轰炸后的末世之感，秋田饮酒店将店里的美酒无限供应，让这群平时为求涓滴之饮卑躬屈膝的酒客可以在末日临来之时享有短暂的幸福。

正冈子规：病榻上的食欲

谈到了末世之感，就令人想起正冈子规。众所周知，正冈子规是将夏目漱石带入俳句世界之人，可说是开启日后明治大文豪漱石写作之路的贵人，这可以由他将“漱石”这个笔名让与夏目漱石一事中看出。正冈子规有数个笔名，例如“四国猿”“野球”“漱石”，但在 20 岁后则以“子规”为主。“子规”一词在日文中是杜鹃之意，杜鹃因为啼鸣之声凄苦万分，再加上啼鸣之时喉咙赤红如血，宛若咳血而鸣，因此时常被当作结核的隐喻。例如，德富芦花描写妻子因结核病而死的家庭悲剧作品《不如归》，标音即以杜鹃来标示。在当时的日本，结核病是占死亡率第一的国民病，被视为不治之症，也是无药可医的死病。子规在21岁时咳血，被诊断出罹患脊椎结核，结核杆菌逐步侵蚀他的脊椎，吞噬骨头周边的组织，他最终不良于行，过着卧床养病的生活。他从29岁到35岁临终，总共卧床七年，然而他在预知自己生命有限之际，不改乐观幽默，将所有对生命的热情投注在文学的创作与惊人的食欲上。

他的私人日记《仰卧漫录》详细记载了他卧病时的饮食情况：

明治三十四年九月二日雨蒸暑

朝　粥四碗、虾虎鱼佃煮、梅干（浸渍砂糖）

昼　粥四碗、鲣鱼生鱼片一人份、南瓜一盘、佃煮

晚　奈良茶饭四碗、鲣鱼节（煮过，虽有些生）、茄子一盘

最近饮食过多饭后总是反复呕吐

二时过　牛乳一盒（掺有可可粉）

煎饼果子面包十个左右

午饭后梨子两个

晚饭后梨子一个

服药　中晚饭后各三颗

水药、健胃药

今日傍晚因为过食再次腹痛难耐

细数子规一日的饮食，实在难以想象这是卧床病人的食量，为何他食量异于常人？反复呕吐、腹泻亦不改变过食的习惯？原来他的身躯虽然因病受限在病床六尺之间，但他的精神纵横无尽翱翔世界，在日复一日的三餐饮食、午后零食、服药与更换绷带之间，透过大量的饮食，以及因过食而引发的强烈腹痛、腹泻、呕吐，来让自己感受到生命的脉动与饮食的意义，在生死边缘中，贪婪的食欲意味着生命的存在。

堀辰雄：餐桌奇谈

然而，同样罹患结核的堀辰雄，其食欲显得节制而抽象。小说《起风了》中，恋人节子的原型是堀辰雄因结核过世的未婚妻矢野绫子。堀辰雄患有结核，因养病长期居住在轻井泽或是治疗结核病的高原疗养所内，呼吸清新空气，过着爱好自然、享受清幽典雅的诗歌般抒情生活，虽然体弱，倒也延年益寿到48岁。对他而言，生命从来就不是像正冈子规般在疼痛、呕吐的折磨中奋力格斗，而是平静地接受，透过凝视死亡，从中摸索形容死亡的美丽字语。

他所描绘的理想餐桌，也是紧守着优雅节制的食欲展现，在本书作品《鸡肉料理 A PARODY》中，主人公“我”做了个怪梦，在梦中尾随一位可爱的少女进入了一间奇妙的饭店，但是店内不见少女的踪影，只有一位怪异的老太婆，情急之下“我”随意点了道鸡肉料理，只见老太婆端了道尽是鸡脚骨头的菜肴而来，“我”心中犯嘀咕，这时看到一旁柜子上的葡萄酒，瞬间领悟到那瓶葡萄酒就是刚才的少女，立刻夺了酒瓶开始大口大口地喝，“喔！我是个酒鬼！我竟然喝了一位少女！”由此段描写即可看出在堀辰雄的小说中食物被抽象隐喻化了。

冈本加乃子：寿司文学代表作

外表装扮夸张、脸上白粉厚堆、奇装异服看似疯狂的女人，却写出了文笔平稳娴静的料理小说。根据著名编辑、作家岚山光三郎的描写，作家冈本加乃子是神奈川县大地主家的长女，从小即有众多仆人随侍在侧，过着生活无虞的日子。初登文坛之际透过兄长欲拜谷崎润一郎为师，但谷崎无法忍受加乃子的丑怪一口拒绝，并在公开场合中明确地表现出嫌恶之情。加乃子或许不是美人，却在与漫画家冈本一平结婚产下长子太郎之后，又与年轻的学生堀切茂雄掉入情网进而同居，在冈本一平家中开始了一女二男的同居生活。之后又与庆应医院医师新田龟三相恋，当新田陪她回到家时，发现除了丈夫冈本一平之外，早有另一名男子恒松安夫已经入住家中，于是四人过着一女三男的同居生活，直至加乃子 48 岁即她死前一年才停止。

装扮怪异浓妆艳抹、被谷崎毫不留情认证的奇异作家冈本加乃子，何以能掌控三名成年男人，至今仍是众人欲揭晓的谜团。40 岁时加乃子带着三男一子前往欧洲，走遍巴黎的顶级餐厅，这段欧游让加乃子描写料理的笔功大为精进，炉火纯青淬炼出老练的文字。1939 年 2 月 18 日过世时，《寿司（鮨）》以遗稿发表于杂志《文艺》上。透过作中人物凑先生的口述，读者了解到小小的手握寿司中有母亲对患有拒食症的孩子满满的爱，酸酸甜甜的寿司饭上搭配着碎裂不再具有鱼类形状以及独特腥臭的不明物体，它在母亲的巧手之下转化成一道名为“鮨”（寿司）的料理，作品完成度之高，可与志贺直哉的《学徒之神》并称寿司文学的双璧。

织田作之助：庶民美食书写

织田作之助《夫妇善哉》一作，充满了大阪的特色与气息，作中人物的大阪腔调之外，大阪的地名四处散见，纵横贯穿了大阪的北（梅田）与南（难波）。净琉璃、浪花节、上方落语这些大阪的传统演艺，在作中人物柳吉与小蝶的随口吟唱间，毫无违和地出现在作品当中，接二连三出现的庶民美食、频繁出现的买卖数字，一再凸显出大阪商人城市的气氛。然而与完美周旋于三男之间的冈本加乃子相反，在这经商重利的城市中,《夫妇善哉》女主人翁蝶子却是个一路卖命、劳苦挣钱倒贴废柴富二代的痴情女。她将辛苦赚来的钱，全供应给已有妻小的理发美容用品商，富二代维康柳吉，供其饮酒作乐之用。

蝶子自小家贫，小学毕业后就被送去帮佣。某日父亲种吉刚好经过，看到在店头扫地的女儿双手红肿渗血，心疼不已，立刻将女儿带回，以后依蝶子的意愿，将她送入曾根崎新地的茶屋学习当艺伎。她在刚成艺伎之时与富二代维康柳吉陷入热恋，二人鬼迷心窍，后者抛妻弃子，被父亲赶出家门，断绝父子关系，前者抛下工作，背负擅自离职的惊人赔款，私奔至热海。回到大阪后，蝶子为了要让柳吉的父亲承认两人的关系，不要命地赚钱，就为了让柳吉开店赚钱出人头地，但不论是剃刀店、关东煮店还是水果店，最终因柳吉的放荡与富家子弟好逸恶劳、沉迷酒色的积习，皆以失败收场。历经蝶子的母亲过世、柳吉住院以及蝶子自杀未遂等风波，故事最终以两人并肩坐在道顿堀法善寺内喝着善哉（红豆汤）结束。

对于端来的两碗红豆汤，柳吉看中的是店家的生意头脑："比起很大一碗，不如分成两小碗看起来分量还多一些，他的主意很厉害吧。"对此蝶子回说："比起一个人，当然是夫妻两人才好吧。"对于屡次人间蒸发又突然回来的柳吉，总是选择相信与接纳的蝶子，她所看重的是夫妻二人齐心。两碗法善寺内的红豆汤，凸显出柳吉的算计与重利，蝶子的痴爱与执迷。故事虽然是以两夫妻鹣鲽情深、共享红豆汤的情景画下句点，但彼此价值观的差异，也暗示着柳吉的离弃与蝶子的期待终将再次轮回反复。

北大路鲁山人：话说和食美学

除了上述作品之外，本书还收录了两篇北大路鲁山人的美食评论，他除了是一位集篆刻、书画、陶艺、漆艺于一身的艺术全才之外，更是一位不折不扣的美食家和料理家，据说也是人气美食漫画《美味大挑战》中美食家海原雄山的原型。2013 年日本政府以“和食：日本人的传统饮食文化，以正月为例”，成功地让“和食”（WASHOKU）这一日本传统饮食文化的代表入选联合国教科文组织非物质文化遗产，这与一直以来致力发展料理的美学意识、追求器皿与料理之间相互协调的美感的北大路鲁山人所推崇的日本美感、款待的精神以及自然观一样，都让外国人向往不已！

随笔

寿喜烧与鸭肉料理——洋食杂感

北大路鲁山人

看这模样没问题。我取出口袋里准备好的播州龙野的淡酱油和山葵粉，加入杯子里的水搅拌山葵，再倒入桌上的醋拌成泥状。

我从日本出发之前便听到了许多奇奇怪怪的，关于法国鸭肉料理的传闻。

私以为，这些传闻大多是赞赏欧美的一面倒说法，着实无从分辨其真实之处。那些亲切地急于告诉大家法国是这个样子，美国是那个样子的人，说到日本的事根本一无所知，所以说话的内容一开始就已经走调了。

即使是日本人，也几乎是些压根儿不了解日本的人，到了国外也无法正确介绍日本的事。这对日本来说是很大的损失。对外国来说也是很大的损失。

举个知名的例子来说，日本有富士山和艺伎，奈良可以喂鹿吃煎饼，只能这么介绍自己的国家还沾沾自喜，对方当然不可能了解日本，更遑论理解日本料理了。

例如，听说寿喜烧从前在纽约很有名，但真的去光顾了纽约的店以后，才知那根本称不上是寿喜烧。将像山一样的菜叶放入边缘像桶子般高的铁锅里，然后放上几片看起来不太好吃的肉片，就这么放着炖煮。只有自认是日本通的美国人才会开心地像家鸭吃饲料一样大快朵颐。

店老板出身新潟，不知道用了什么方法偷渡，搭上移民船到了纽约，然后和当地人结婚。不知道身边谁出的主意，他开了寿喜烧店。

和他交谈过后，才发现他根本一点儿也不知道新潟的事，更遑论东京了。在这般状况下，连个像样的道具都没有。说起他的店，装饰得就像乡下的博览会，四处贴满了怪异的复制的锦绘等。

我把老板叫了出来，教他真正寿喜烧的做法。"原来寿喜烧是这样做的啊！"他不由得露出感叹的表情。

那些说着法国鸭子的人，也是道听途说来着，自己根本没去过，根本称不上是兴趣或是追求美食。一开始就说一只鸭要一万日元，当然让人不由得敬而远之。当地日本人会去的地方，都是一些大众的居酒屋小店。即使在那样的小店，也是怀着去"见识"的心情，根本无法恣意地点菜或询问菜单。到了像"银塔餐厅"（La Tour d'Argent）这样的鸭肉料理餐厅，建筑本身富丽堂皇，门口还站着穿西装的男侍，根本连大声说话都不敢吧。

我去拜访银塔餐厅时，是和画家荻须高德夫妇及小说家大冈升平一起。放眼环视店内，外国人比法国人还要多。我们是来旅行的，知道价格昂贵，顶多点一只大家一起分食，怀着这样的心情进到店里，看到穿着燕尾服的男侍，以油浇着银盆上的全鸭，然后舀着高汤。

男侍端到我们餐桌前的鸭，是只煮到半熟的鸭，还附着“243767”的号码牌。男侍把鸭子拿到我们眼前让我们看，最后留下号码牌，拿着鸭子离去。

我对我们的导游说道：“这种做法根本无法吃到美味的鸭。可以吃的地方就像吃后剩余的边肉，只不过把美味的酱汁淋在边肉上罢了。其他桌的客人或许可以接受，但我们这一桌要整只拿上来。”

我这么拜托，男侍听了导游荻须先生的话后，只是笑着不说话，也没有要传话给领班的样子。我只好重复说道：“在餐厅付钱吃饭，无须客气。我们可是客人，请把我们的话光明正大地传达出去！”在此我演了生平第一场戏。透过导游为我口译。

“这位客人住在日本东京的近郊，家前有个大水池，池里养了上千只大中小的鸭子，是光听声音就能分辨鸭子的专家，对于鸭子的吃法和鸭肉料理，可是挑剔得很。这位知名的鸭子研究家，‘对于贵店刚才的烤鸭方式很不满意’，他说。”

不知道导游是否正确地传达了我的话，总之，对方比预想的坦诚，将鸭子拿来了。或许是成功传达了，端上来的是只刚好烤得半熟的鸭子。

看这模样没问题。我取出口袋里准备好的播州龙野的淡酱油和山葵粉，加入杯子里的水搅拌山葵，再倒入桌上的醋拌成泥状。我的动作似乎引来对方的好奇，穿着燕尾服仪容端正的男侍们站在桌前排成一列黑山，看着下一步。我并非自恋，在这么高贵气派的庄重店内，用这种方式在桌上调味是前所未闻之事，一整列的男侍们会如此好奇也无可厚非。

因为大冈先生在纽约待了一段时间了，他愉悦地说：“好久没吃到的日本滋味，让我不由得整个人都醒了过来，不由得想重新思考日本的好。”

但是，店里端上来的葡萄酒却难以下咽。让人不由得想抱怨，这么难喝的东西真是葡萄酒？原来是一瓶 70 日元的便宜货。

实在无法喜欢这么便宜的葡萄酒，于是我问道："难道没有上等的白兰地吗？"

于是对方带我们到地下室，说道："有的，请您慢慢挑选。"

下楼一看，是葡萄酒窖，几万瓶覆盖尘灰的酒沉睡着。在地下的藏酒仓库稍坐等待后，一位像是经理的人出现，拿出了很香醇美味的酒，接着说道："您千里迢迢特意来光临，是本店的荣幸。合您的口味吗？请尽情享用，就当是小店招待的。"

拿出的白兰地果然上等香醇。如果此时同行的大家犹如遇见珍品，不由得一杯接一杯喝下去就不妙了。我于是出言劝告大家："虽然对方说是招待，但不能因此放心大喝，这可会让日本人蒙羞。"

法国也是个注意礼节的国家，在知名的餐厅，更不能掉以轻心。

回到正题，从刚才就一直说鸭子、鸭子，那是以前的日本人弄不清家鸭和野鸭的不同。

银塔餐厅的鸭子其实是家鸭。佐山葵酱油的家鸭才是美味的不二吃法。

（昭和二十九年）

◎作者简介

北大路鲁山人

1883—1959

日本著名全才艺术家，拥有美食家、陶艺家、书法家、画家等身份。1883年出生于京都上贺茂，是上贺茂神社住持北大路清操次子，本名房次郎。年轻时志愿当画家，于书法和篆刻领域展现才华，1921年在东京开设美术店。而自幼养成对料理的兴趣驱使他前往日本各地修行，包括长滨、京都和金泽等地。1925年担任高级料亭“星冈茶寮”顾问兼料理长而远近驰名，店内使用食器更是他亲自设计制作。曾获政府指定为“人间国宝”却予以辞退。以“器皿是料理的衣服”为口号，晚年投入陶艺创作，将美意识引进饮食领域，创造日本独特食膳文化。

◎轻知日

一、《春夏秋冬料理王国》——1960 年出版，后改名为《鲁山人的料理王国》，由文化出版局出版，北大路鲁山人唯一自选饮食评论集。书中谈论对食器的审美、对家庭料理的重视，以及对残肴的悲悯，结集北大路鲁山人 70 余年来对料理的观点与总评，为日本饮食文化经典之作。

二、星冈窑——1927 年由北大路鲁山人于神奈川县镰仓市山崎设立的陶窑与陶艺研究据点。他于此地正式展开制陶活动。陶窑旁的宅邸为鲁山人晚年居所，1998 年因管理人放火自杀而焚毁。旧迹目前为私人所有，不对外开放参观。

美味豆腐谈

北大路鲁山人

豆腐好的话，只要生的豆腐淋上生酱油就很好吃，也不必再煮。不论是做成烤豆腐、炸豆腐，抑或飞龙头（油豆腐球），皆好吃到让人怀疑：这真是豆腐吗？

想吃美味的汤豆腐，首先要选择好的豆腐，这是最重要的关键。就算药味[①]、酱油再怎么讲究，如果豆腐不好吃的话，也根本上不了台面。

那要去哪里找美味的豆腐呢？当然是京都。

京都自古以来就以水知名，因当地有丰富的好水，所以能做出好豆腐。此外，京都人追求精进料理等不用花大钱的美食，因而京都才能以美味的豆腐闻名。

另一方面，东京以前出现过知名的豆腐笹乃雪。这也是因为井水甘甜，才能做出好豆腐，现在环境变了，只能缅怀当时的盛况。

或许是因为水质不好，豆腐的优良制法自古以来在东京就不受到重视。因此，不论是以往还是现今，要在东京吃到美味的豆腐几乎是不可能的事。此外，搭配豆腐的第一要件是优质昆布，东京的外行人根本无法入手，要享用美味汤豆腐更是困难。

话题再回到京都，京都不论哪里的豆腐现在都依

① 加在豆腐上的姜泥、碎葱、茗荷等增加口感和香气的配料。

然美味吗？似乎也不尽然。现今即使是好水之都，水变成自来水，豆子也都采用自动化处理，豆腐制作几乎都使用机器，且为了经济成本的考量，使用劣质的黄豆。因而在京都也不一定能吃到美味的豆腐。

说到这里，有一间位于京都的花街绳手四条，仍遵奉以前的方法来制作上等豆腐。现在这家豆腐的制法成了家传秘方，即使想问也不得其门。幸运的是，我取得了这家店主的信任，他传授了我家传的秘方，让我做出了不劣于本家本店的豆腐。这也是因为我家涌出了适合做豆腐的优质好水。

即使获得了京都的秘方，缺少好水是不可能做出好豆腐的。遗憾的是，绳手这家店现在已经消失了。

受惠于好水，选择上等的原料黄豆，制法全程不仰赖机器，致力以手工制作，我也能做出优质美味的豆腐。豆腐好的话，只要生的豆腐淋上生酱油就很好吃，也不必再煮。不论是做成烤豆腐、炸豆腐，抑或飞龙头（油豆腐球），皆好吃到让人怀疑：这真是豆腐吗？想品尝美味汤豆腐的人，一定得选择这样的豆腐。

嵯峨的释迦堂附近、知恩院古门前、南禅寺附近的豆腐也很有名，都是受惠于好水与好豆吧。

做汤豆腐须具备以下条件——

土锅：土锅最适合，没有的话，也可以用银锅、铁锅。都没有的话，只能用珐琅铁锅、铝锅替代。但这些感觉都不好，煮也不尽兴。最好以火炉或炭火来煮。

杉筷：吃汤豆腐时的筷子，杉筷最适合。漆筷或象牙筷都无法把豆腐夹起。因为杉筷不滑溜，最适合夹起豆腐。如有银网匙等更好。

昆布汁：在盛满水的锅底放入一两片昆布，再放入豆腐一起煮。昆布长约五六寸。为避免沸腾时产生的水泡让豆腐和昆布浮起，昆布放入锅底前最好先以刀划出缝隙。

药味：切碎的葱、蜂斗菜、独活、老姜泥、七味粉、茗荷花、柚子皮、山椒粉等，有这些药味来搭配，滋味丰富。其中最不可缺的是葱。其他的可按季节及个人喜好来搭配。可以再准备适量以锐利的刨具削出的薄柴鱼片。食用前刨好的味道和香气最浓郁。

酱油：当然要上等的酱油。淋酱油前，先放上前述的药味。豆腐吸进了下方昆布的美味，只要淋一点酱油调味即可。尽量使用没有化学调味料的酱油。

豆腐：如前述。

东京人原本就不懂美食，极少有人关注食物的品尝。地方有些町或村受惠于美食。有志追求美食的人，可参考本地的美食，细心品尝。

戒酒的心

太宰治

在夕阳冉冉笼罩下，汗如瀑布而下，蓄着胡须的大男人们在啤酒屋前规规矩矩地排队，时而伸长身子从圆窗偷窥啤酒屋内部，摇头叹气。但队伍几乎没什么动静，不知要等到何时。

我打算戒酒。最近喝了酒后，人变得非常卑微。以前喝酒被认为是所谓养浩然之气的行为，现今却尽让人显得肤浅。近来我更是对饮酒感到极度憎恶。即使不愿意，要成为一等的人物，就应该在今日的此时下定决心把酒杯粉碎。

平常嗜饮酒的人，其精神将变得越来越吝啬卑微，将一升的配给酒瓶分成十五等份的量，每天只能饮一等份，偶尔不小心喝了第二等份时，只能倒入一等份水来蒙混，再抱着横放的酒瓶震动，企图让酒和水两者混合发酵，真是滑稽到令人失笑。抑或在配给的三合的烧酎里加入一壶番茶，再把褐色的液体倒入小玻璃杯里饮用，此时威士忌里会有茶梗直立，真是太愉悦了。说这番话就为了掩饰虚荣，然后豪爽地大笑，但一旁的老婆一点也不配合，面无表情，让此风景更加悲凄。此外，以前当正在晚酌时，突然有远道而来的朋友到访，必定会开口邀请对方，你来得正是时候，我正缺酒伴，没什么可招待，就进来喝一杯吧。双方突然因酒而变得热络，现在却转变为阴暗。

“喂，现在就开始吧，就从这一等份喝起，把玄关门关上，扣上门锁，也把雨窗给阖上。要是被外人看到，羡慕起咱们就不好了。”明明才一等份的晚酌，根本没有人会欣羡，但因为精神上变得吝啬卑微，外面一有风吹草动就风声鹤唳，一有脚步声就心惊胆战，就像自己犯了什么深重的大罪，好像每个人都憎恨自己般，怀着恐怖、不安、绝望、愤恨、怨叹和祈求，怀着如此复杂的心境，将屋里的电灯弄得昏暗，只能弓着背小口小口地啜饮酒。

“请问有人在吗？”玄关传来声音。

“来了！”对方看到肯定也想来分一口酒，这怎么了得。于是把酒瓶藏在柜子里，还剩两等份，是明天和后天的份。这个酒壶里还有三小杯的酒，就当成睡前酒吧，酒壶就这么放着不动，绝不能碰，盖上风吕巾吧，这么一来，没有其他漏洞了吧。接着环视屋子四周，突然转为轻声细语的口气。

“请问是哪位？”

唉啊，边写边令人嫌恶啊。人活到这种地步实在太没出息，遑论什么浩然之气，根本一点儿尊严都没有。“月夜晨雪，花下停伫，思绪油然而起，拿出酒盅助兴，增添风雅。”欲仿效古代文人的优雅心境，不得不努力反省。到这种地步仍想喝酒吗？在夕阳冉冉笼罩下，汗如瀑布而下，蓄着胡须的大男人们在啤酒屋前规规矩矩地排队，时而伸长身子从圆窗偷窥着啤酒屋内部，摇头叹气。但队伍几乎没什么动静，不知要等到何时。内部就像洗芋头一样，混乱拥挤。手肘相互碰撞，邻座的客人并肩而坐，发出不输给彼此的大音量：“喂，啤酒怎么还不快来”“喂喂，快上啤酒啊”。也有人操着东北腔，此起彼落，喧嚣热闹。啤酒终于上桌后，大家专心地大口畅饮，突然下一位客人连个抱歉也不说一声，黑色眼眸散发慑人气势，硬从一旁挤进自己的椅子。这么一来，只好愕然被迫退场，重新整顿气势，再一次到户外大排长龙的队伍最尾端等候。此过程反复上演三四次，令人身心俱疲，啊，喝醉了，瘫软无力地喃喃自语，踏上回家之途。我想，国内应该没有缺酒缺到如此严重吧。确实最近饮酒的人变多了，听说酒有点供不应求，至今不曾喝过酒的人也趁机想来喝一杯，看看酒是什么味道，凡事都要试试看才没有损失，就来实行吧，抱着这种奇怪的小人欲望的心态，总之先领配给的酒，再去光临一次啤酒屋，凡事输人不输阵，关东煮也来试试，咖啡厅也成为热门话题，到底这些店是什么样子，不趁现在体验怎么行，这种凑热闹的无聊上进心，让很多人不知不觉也开始喝起酒来。当没钱时，只能小饮一等份的酒，举着有茶梗立着的威士忌沾沾自喜。这些人再也无法摆脱酒，很多人就这么上瘾了吧。总之一般小人物是很难被规劝的。

偶尔去到哪里的酒店，实有很多让人看不惯的事。客人们肤浅的虚荣心和卑屈的模样，店老板的傲慢和贪欲，啊再也不喝酒了，每次去都让我下定戒酒的决心，但时机仍未成熟，至今仍无法断然执行。

进到店里，店里的人露出笑容说道“欢迎”，迎接客人的光临，这是以前的光景了。现在的客人得先堆出满脸的笑容才行，说道“您好”，然后对着店里的老板、女侍等，一脸卑微赔笑地打招呼，但即使如此也经常被对方忽略。再谨慎一点的人会特意摘下帽子鞠躬作揖，甚至有人叫店里的老板“先生”，像是来推销寿险的绅士，这些当然也是为了喝酒而上门的客人，但还是一样被无视。更阿谀奉承的家伙一进到店里，就摆弄起店内柜台上装饰的盆栽植物，然后说道："这可不行，至少要浇水啊。"宛如自言自语但其实是说给老板听的，接着自己用双手到洗手台掬水来，淋在盆栽上。这样的举动很可笑，且真的浇在盆栽植木上的水只有两三滴。接着从口袋里取出剪刀，开始剪起多余的枝叶，修整树枝。甚至让人误以为是盆栽商来定期修剪，但万万料想不到此客人竟是银行的重要人士。为了取悦店里的老板，来店之前特地将剪刀放入口袋里，真是用心良苦，但还是一样被老板忽视。不论是默默做事或是夸张的举动，没有一样管用，都被冷漠地抹灭。即使被忽视，这些客人为了能多喝一瓶酒，为了满足心愿，甘愿自己化成店里的伙计，一有人进到店里便自动逐一叫着"欢迎光临"，有客人离开，必定喊"谢谢光临"。分明处于错乱、发狂的状态。真是令人同情的可怜虫。只有店里的老板不为所动，喃喃说着："今天有盐烤鲷鱼喔。"

某位青年立即拍桌回应："太好了！我最爱的菜。来一份吧。"但内心一点都不认为是件好事。心想肯定很昂贵吧，鲷鱼，我至今还没吃过盐烤鲷鱼啊。但现在得表现出一副十分欣喜的模样才行。真是苦差事啊！畜生！“一听到盐烤鲷鱼我就无法忍受。”事实上，确实是无法忍受。

其他的客人此时当然也不认输。纷纷喊出“我们也要、我们也要”，争相点那一盘要价两日元的盐烤鲷鱼。如此一来，至少能喝到一瓶酒。但老板一点都没有慈悲心，接着以沙哑的嗓音道：“也有卤猪肉喔。”

“什么，卤猪肉？”一位老绅士莞尔笑开，说道，“我等好久了。”但其实内心十分无奈。老绅士的牙齿已经不好了，根本无法咬猪肉。

“那再给我来一盘卤猪肉。似乎不错啊，老板，就这么办。”说着这些分明是愚蠢的拍马屁之辞，其他不服输的客人也争相点这盘要价两日元的怪异卤肉。但也有内心变得惶惶不安，不上道的人。

“我不要卤猪肉。”一副意志消沉的模样，用六号活字般的细小声音说道，然后站起身问，“多少钱？”

店内的客人目送这位可怜的失败者退场，一股愚昧的优越感升起。“啊，今天真是大饱口福。老板，还有什么好吃的，端上来吧。拜托了，再来一盘。”热血沸腾，脱口而出。到底是来喝酒的，还是来吃饭的，连自己也分不出所以然了。

酒真是令人着魔之物啊。

◎作者简介

太宰治

1909—1948

小说家，本名津岛修治，1909 年 6 月 19 日出生于青森县北津轻郡的士绅之家。高中时期接触左翼思想，对自己富家子弟身份抱有罪恶感。初期作品倾向社会批判，大学时期更因倾心左翼运动、沉溺酒色而怠惰课业，自东京帝国大学辍学。1930 年与酒吧侍女殉情不成，日后仍多次随其他女性殉情、自杀未果。1935 年发表《逆行》获第一届芥川奖提名，最终落选。战后，以《维荣之妻》《斜阳》《人间失格》等杰作走红文坛，与坂口安吾、织田作之助等同列无赖派、新戏作派作家。1948 年 6 月 13 日于东京玉川上水与情人山崎富荣殉情而亡。

◎轻知日

一、樱桃忌——又称为“太宰忌”，每年6月19日太宰治忌日这天，于东京都三鹰市禅林寺太宰治墓前举行。追悼太宰治而来的读者们会在墓前供奉烟、啤酒，并在墓碑上刻有名字的地方塞樱桃。“樱桃忌”取名自太宰治名作《樱桃》，因生长于北方酷寒之境的樱桃，与太宰治个性鲜明强烈而富戏剧性的人生经历相似，故以此命名。

二、斜阳馆——位于青森县的太宰治出生之家，1907年落成，现已改建为太宰治纪念馆。馆内展示太宰治生前使用过的披肩、写作用品、亲笔原稿和书简等。因其为明治时期珍贵的木造建筑，于2004年由政府认定为日本国家重要文化遗产。

三、太宰便当——在太宰治生诞百年纪念日后，根据太宰治妻子津岛美知子著书《回忆太宰治》中提到的太宰治喜爱的乡土料理菜色，由津轻铁道制作、限定贩卖的铁路便当。每年6月到8月于官网上接受预约。

酒的追忆

太宰治

有时甚至只拿两瓶啤酒就去他人府上打扰，先把啤酒喝光，当然觉得意犹未尽，再看看能钓到主人的什么私藏酒，这就是所谓的以虾钓鲷式的做法。

虽取名酒的追忆，但其实不是酒在追忆的意思。而是关于酒的追忆，或是关于酒的追忆及追忆种种关于我过去的生活形态。虽然这是我想说的，但以文章篇名来说实在太过冗长，对于使用什么奇招来引人注意的篇名更让我敬而远之，因而将就使用《酒的追忆》来当作篇名。

我最近身体状况不太好，只能乖乖地暂时远离酒，但倏地又觉得荒谬，于是对内人说，给我热二合清酒来，我要用酒盅慢慢啜饮。这让我陷入非常深的感慨当中。

酒当然要温热，然后用小盅慢慢啜饮才好喝。这是理所当然的事。我是从高等学校时代开始学会饮日本酒的，但总觉得日本酒有种腥臭味，连用小盅慢慢啜饮都很难入口，会刻意拿库拉索酒、薄荷酒、波特酒等的玻璃杯，慢慢移到嘴边，小口舔舐。这样的男人对将日本酒的酒壶并排在桌上喧闹的学生们感到嫌恶、侮蔑，甚至害怕。这是我的真心话。

不久后我也习惯了喝日本酒。当有艺伎陪伴时，因为不想被艺伎看轻，即使觉得酒苦涩难以下咽，依然小口啜饮，接着却突然起身，像风一样疾奔至厕所，流泪呕吐，总之必定难受得呻吟呕吐，然后艺伎必然会为我剥柿子，我则一脸苍白地吃下，然后渐渐习惯了日本酒，真的是甚为悲情的痛苦修行后结下的果实。

现在即使用小酒盅啜饮，也会喝到如以往的烂醉，更遑论杯酒、冷酒、啤酒或混酒了，喝这些几乎如同令人战栗的自杀行为，我不由得沉思。

要说到以前，一个人独酌是不怎么高尚的事。喝酒时必定一次一次让对方斟酒。认为酒最好还是独饮的男人，会招来肯定是个颓废荒唐的卑屈人物的有色眼光。将小酒盅里的酒一口喝干，不只让周围的人瞠目结舌，说到一杯接一杯狂饮的举动，必定被当成喝丧气酒，甚至有可能被社交界拒绝在外。

这么小的酒盅喝个两三杯就引来如此的骚动，用大酒杯或碗杯来喝，真要被视为可登报的大新闻了吧。这个桥段时常被新派的剧场当成最后的高潮戏码来使用。

“大姐！让我喝吧！求求你！”

和好美色的男人分手的年轻艺伎拿着盛酒的碗

闷闷不乐。身为大姐的艺伎当然不准，于是把碗给拿走，这更加让人烦闷。

“我知道你的心情，小梅，但不能借酒消愁啊，除非你把我杀了再喝。”

两人接着相拥而泣。这样的狂放演出让人看得手心冒汗，成为充满战栗和兴奋的场面。

如果变成冷酒的话，场面将更加凄惨。颓丧的老板抬起头，屈膝正对着老板娘，压低声音说道：“请容我说句话吧。”似乎下定了什么决心。

“啊，当然。有什么话都说出来吧。反正我对那不肖子的事，已经看破了。”

这是对于儿子不检点的行迹，其母亲及店老板担忧的场面。

“那么我就不客气了，请您别惊讶。”

“我说没问题了啊！”

“是这样的，不肖儿啊，深夜潜入厨房，竟然……找出冷酒来……”还没说完老板就突然伏在地上哭了起来，太太大吃一惊，“啧！”发出宛如枯木的声音。

喝冷酒几乎被当成极阴暗的罪行，更遑论烧酎及其他酒了，除了怪谈外根本不会出现。

这世间真是多变啊。

我第一次喝冷酒，不，应该说被劝酒，是在评论家古谷纲武（1908—1984，爱媛县出身的昭和时期的评论家）的家里。不，或许这之前就喝过了，但当时的记忆异样的鲜明。当时我25岁，参加古谷君们的《海豹》同好杂志，古谷君的家宅就是杂志的事务所，我多次前往，边听着古谷君讲述他的文学论，边喝古谷君的酒。

那时的古谷君，心情好时好到过头，心情不好时更是夸张。我记得是某个早春的夜晚，当我到古谷君家拜访时，古谷君语带不屑地对我说："你是来喝酒的吧？"我当然很火大，我并非每次都来白喝免费的酒啊。

"你那是什么语气啊。"我勉强挤出笑容回答。

于是古谷君也露出微笑："但是，要喝吧？"

"要喝也可以。"

"什么要喝也可以，是想喝吧？"

古谷君当时很烦人，我心想今天还是回家吧。

“喂，”古谷君叫唤太太，“厨房里还有五合左右的酒吧，帮我拿过来，整个酒瓶拿过来。”

我心想，就待一会儿好了。酒的诱惑真是太可怕了。太太将还有“五合”酒的一升瓶拿过来。

“不必加热吗？”

“不必麻烦了吧。顺便帮我拿个茶杯或碗来给他。”

古谷君一副傲气的模样。

我心里非常生气，只能默默地饮酒。在我的记忆中，这是我出生首次喝冷酒的经验。

古谷君将手放在怀里，盯着喝酒的我看，然后开始批评起我的和服穿着。

“你依然穿着上等的内衣嘛。但你为什么故意把内衣露出来，真的很碍眼。”

内衣是故乡的奶奶传下来的。我开始觉得自讨没趣，又大口大口地灌着出生以来第一次喝的冷酒，但一直没有醉意。

“冷酒真的像在喝水啊，一点也没感觉。”

“是吗，等等就醉了。”

我很快就把五合喝光了。

“我要回去了。”

“是吗，我不送了。”

我一个人走出古谷君的家。走在夜晚的路上，感到很悲哀，小声唱着轻盈的曲子。

我啊，要被卖到何处去啊。

倏地我确实突然醉了。冷酒真的不是水啊。烂醉到不行，我的头上宛如有巨大的龙卷风舞来，我的脚浮在半空中，宛如拨开云雾前进，接着跌倒在地。

我啊，就要被卖掉了。

边小声哼着，边努力站起来，接着又跌倒，世界像以自己为中心在眼前快速地回转。

我啊，就要被卖掉了。

那像蚊子一样的叫声，我卑微可怜的歌声，听来就像从遥远的云烟的彼方传来。

我啊，就要被卖掉了啊。

又跌倒又爬起，身上的“好内衣”也沾满了泥巴，木屐也丢了，只穿着足袋就搭上电车。

之后，我到现在为止应该喝过几百次，甚至是几千次的冷酒，但再也没有经历过那么不堪的烂醉了。

关于冷酒，我还有一个忘不了的回忆。

在说起这件事前，必须先说明我和丸山定夫（1901—1945，大正昭和期的演员）的交友情况。

当太平洋战争进入激战白热化阶段，那是初秋时节，丸山定夫君寄了一封信给我，内容大致如下：

请务必给我一次去拜访您的机会，我还会带另外一个人，请您也见见他吧。

这之前我不曾见过丸山君，也没有跟他通过信。但听到这位丸山君之名当然知道他是谁，也曾看过他演的舞台剧。我于是回信给他，请他随时来访，并画了一张到寒舍的简略地图附上。

几天后，玄关传来“我是丸山”的声音，是在舞台上曾听过的很有特色的嗓音。我立即起身到玄关迎接。

丸山君一个人。

“另一位朋友呢？”

丸山君微笑。

“啊，其实是这家伙。”他边说边打开风吕包巾，一瓶托明威士忌的方瓶出现，放在玄关的台子上。我在心里佩服，真是个风趣的人啊。那时，不，现在也是一样，光凭我们这些微不足道的人，根本买不到烧酎啊，更遑论威士忌了。

“听来实在有点吝啬，不登大雅之堂，但今夜就让我俩喝半瓶酒吧。”

“啊，这样啊。”

剩下的一半当然是拿到别的地方吧，这么高级的威士忌，想必如此，我立即同意，唤了内人来。

“喂，可以帮我拿个什么瓶子来吗？”

“不，我不是这个意思。”丸山慌张地回道，“一半让我们今夜在此对饮，剩下的一半就放在你家。”

这让我更觉得丸山君真是个风趣潇洒的人啊。如果是我和其他朋友，拿一升的酒到朋友家，当然是和朋友一起把酒喝光，朋友也肯定认为这是理所当然之事。有时甚至只拿两瓶啤酒就去他人府上打扰，先把啤酒喝光，当然觉得意犹未尽，再看看能钓到主人的什么私藏酒，这就是所谓的以虾钓鲷式的做法。

总之，对我来说，这样优雅又温文有礼的酒客来访，是史上头一遭。

“什么啊，那倒不如今天我们就一起把它喝光吧。”

我那天晚上真的很愉快。丸山君对我说，现在的日本值得他信赖的就只有我一人，今后也请不嫌弃和他交朋友，这让我愧不敢当，心情顿时大好，开始开怀地指名道姓骂人，沉着的丸山君变得有点难以开口的样子，说道：“那么，今天就到这里为止吧。”

“不行，威士忌还剩一些。”

“不，就把它留下来吧。之后发现原来酒还有剩时，其实这样的心情还不坏喔。”他苦口婆心地对我说。

我送丸山君到吉祥寺车站，回程时在公园的森林里迷了路，我的鼻子一个劲儿地撞上大杉树。

翌日早晨看着镜子，鼻子又红又肿简直惨不忍睹，我心情抑郁，闷闷不乐地走向早上的餐桌时，内人突然说：“怎么了？要餐前酒吗？昨天的威士忌还剩下一些喔。”

得救了，原来如此，确实应该留下少许的酒。好样的，丸山君的思虑。这让我为丸山君的温柔周到而倾倒。

之后，丸山君也时常到我家来，有时送上酒来，或自己来接我，带我到各种能喝好酒的地方。即使东京的空袭越来越猛烈，丸山君的酒席招待依然不变，我每每决定这次一定要买单付账，小心翼翼跑到酒席的付账台时，对方总是回道："丸山先生已经付了账。"于是我一次都没有付过账，陷入丑态。

"您知道新宿的秋田吧！据说那里今晚最后一次提供服务，我们去捧场吧。"

前一晚东京夜间遭受燃烧弹大空袭，丸山君一副忠臣藏①准备复仇的气势，一身防卫的消防装束来邀我。当时正好伊马春部君也认为这可能是最后一次，全身盔甲护具来我家玩，我和伊马君听闻此消息，当然立即动身，陪丸山君一同前往。

当晚的秋田总共有二十几位常客，每当有客人上门，秋田的老板娘就献上一升秋田产的美酒，让每个

① 指日本18世纪的武士大石内藏助，因替主报仇而闻名。译者注。

人喝个过瘾。这是我见过最为豪爽的酒宴。每个人各自拥抱一升瓶，任意取酒，用大杯子大口大口豪饮。下酒菜的鱼也像小山一样盛满整个盘子。约二十位的常客说是留名于世的酒豪也不为过，各自拥有自豪的酒豪史，却怎么也喝不完。我当时已经是个不论冷酒或什么酒都能豪饮的野蛮人，但喝到七合就痛苦地放弃了。秋田产的美酒，酒精浓度似乎很高。

“怎么没看到冈岛先生？”其中一位常客问道。

“这个啊，冈岛先生家在昨天的空袭里被烧光了。”

“难怪无法来。真是可怜啊，错过这么好的机会……”

当大家正谈论着，一位脸上沾满煤灰、服装污秽的中年男子大摇大摆地走了进来，正是冈岛先生。

“哇，真的是冈岛先生啊。”大家皆瞠目结舌，感叹不已。

在此异样的酒宴会场上，烂醉如泥、丑态毕露的人就是我的朋友伊马春部君了。后来他在自己的信里坦白，他和我们分别后失去意识，当他醒来时人躺在路旁，然后身上的什么盔甲护具、眼镜、皮包全都不见了，接近全裸的状态，而且全身还有无数被殴打的伤痕。他于是决心把它当成在东京最后一次的饮酒。数日后他收到征召令，搭上轮船被带往战场去了。

关于冷酒的追忆就说到此，下次有机会说说混酒的回忆。这混酒说来现在似乎很平常，任谁都不认为喝混酒是什么有勇无谋的蠢事，但在我学生时代，这可是很严重的荒唐事，不是超级豪杰是没有勇气实行的。话说我刚到东京来上大学时，被家乡的前辈带到赤坂的料亭，这位前辈是位拳击手，曾走遍中国，外表就是一副刚强威武的模样，一坐在矮桌前，立即对料亭的女侍说道：

“这里也供酒吧。把清酒和啤酒一起端上来。不这么喝混酒，我可是不会醉啊。”就这么傲气地直说。

喝完清酒后，接着喝啤酒，再喝清酒，交互混饮，我看到他的豪放饮法觉得很害怕，只敢在一旁小口啜饮小盅。不久后这位前辈说道：“我未离开故乡之时可是肌肤如玉啊，现在却满是枪伤刀伤。”唱着此“马贼之歌”，样子实在太过恐怖慑人，让我一点儿也没有醉意。接着他不再混喝，说道：“厕所在哪儿，我去小便。”巨大的身躯摇晃起身，我以眼尾瞄着他如小山般的背影，兴起了敬畏之念，不由得叹息。换言之，最近在日本敢如此大喝混酒的人，仅限于这样的英雄豪杰啊，这么说一点也不为过吧。

现在呢，是什么状况啊？管它冷酒、杯酒或混酒，只要有的喝就好，能醉就够了。喝醉睁不开眼也好，醉死了也好。管它什么酒糠烧酎或是什么乱七八糟、奇奇怪怪的酒都给我端出来，绅士淑女即使用力抿住嘴角，也要如鲸畅饮啊。

“冷酒对身体有如毒药啊。”说完这番话后相拥而泣的剧码，现在只能让观众失笑。

我最近因为身体不适，只能久违地以小酒盅小口啜饮一级酒，想到这巨大的转变，我只能呆然地回想自身堕落无法挽回的惨剧，同时也感到身边的世间风俗如此丕变，宛如令人害怕的噩梦，抑或什么怪谈，让我不由得全身寒毛竖起。

等开饭

正冈子规

今天肚子叫得特别早，午饭却尚未准备好。不得不把书和砚台什么都拿到枕头边，连一张报纸都不放过。没办法只好把手撑在棉被上，顶着下颚，呆然望着庭院。

我一向不吃早饭，但自从生病后，肚子饿等不及午饭时间来到变成每天的家常事。今天肚子叫得特别早，午饭却尚未准备好。不得不把书和砚台什么都拿到枕头边，连一张报纸都不放过。没办法只好把手撑在棉被上，顶着下颚，呆然望着庭院。

或许是前天经历暴风的关系，天空仍然阴暗多云。十棵并排的树虽受到风害，现在已重新竖直，红色的顶端对齐。其中一棵雁来红树长出美丽的叶子，映在正晾着的白色衣服上。只有名为大毛蓼的树长得特别高大，淡红色的花累在雁来红之上。

刚才庭院里来了三个孩子四处追一只小猫，抓住了猫离开后，此时又看到他们带猫回来一起嬉闹，垣外可听见喧闹的声音。好像是用竹子还是什么打小猫的缘故，猫不断发出喵喵的细小又可怜的叫声。其中一位叫小高的孩子的声音传来："小年，你再这么打它，当心它会变成妖怪噢。"似乎有点担心地说道。今年即将五岁的小年，虽然是三人当中最小的一个，竟平心静气地说："会变成什么妖怪呢？"反倒更用力地打猫，猫的喵喵叫声越来越凄惨。三个人似乎交头接耳地说了什么，不久后又传来小年的声音：“小高小高，你再这么打下去，猫会变成妖怪噢。”担心地说道。这次换成六岁的小高打着猫。然后一会儿三人笑了起来。小年抱起了猫的样子，说道：“小猫啊小猫，当猫很好吧。”大声叫着渐渐离去。

饭还没有准备好。

一只小黄蝶轻盈地飞来，停在晾在院子的衣服角上，徘徊后立即又飞向远处的白花上，吸了一会儿花蜜后，隐身在萩树的后方。

笼子里的鹌鹑也还没吃午饭，看到无所事事的老伯不停地啄着笼子。

厨房传来餐盘及酒壶等物品的碰触声。

没什么可观察的东西了，抬头望着天空，黑云和白云布满整面天，渐渐往东北方移动。黑云渐渐变少，白云缓缓增多。蓝天隐隐显露，令人感到欣喜。

之前的三个小孩又回到我家墙垣外。这次将猫丢进满是垃圾的箱子里，幸灾乐祸欺负着小猫的样子。不久，对面家的太太，也就是小高的母亲出现，斥责着：“小高，不可以欺负小猫！你再欺负小猫，半夜它会变成妖怪来找你噢。快点放它走。”接着小高发出近似哭泣的声音，委屈地说道：“不是我把小猫抓来的，是小年。”替自己辩解。小年也觉得尴尬，陷入短暂的沉默。

日头突然照在榻榻米上，饭菜来了。

子规的《等开饭》的稿子寄来时，里面附上了两只猫的速写画。一幅只有猫的脸，另一幅则是高翘屁股低头卷成圆球卧在地上的模样。文章则围绕图边行文。原本只是一时兴起的画，但和《等开饭》的文章对照后，觉得很有意思，于是将文章转载于此。写生画也是出自子规之手，虽然有趣却无法登载实为遗憾。（虚子[①]记）

猫的写生画

明治三十二年十月九日写完《等开饭》的稿子

① 指高浜虚子，正冈子规的弟子，《子规》杂志的主编。译者注。

后，我终于解救了那只被小孩欺负的小猫，把可怜的小猫带到家里，让它睡在自己的棉被旁，然后小猫窝在我肚子边，卷成一团开始舔起毛。小妹做了一个毛线球，在小猫面前左右晃动，小猫于是收起舌头开始专心盯着球看，我就是趁此时画下猫的。当我才画完猫头时，线断了，小猫玩球玩到累了，就这么卷起身子窝在棉被的凹陷处，头贴着尾部入睡。这就是另一张尾高头低的睡姿模样。我看着它把它画在右方。当我画完时没想到小妹又来了，把小猫就这么抓出去。当然没有把它赶走，只是让它重回大地。小猫于是爬上院子的松树蹲在树枝上，一脸若无其事地看我。隐身在树梢的小猫再也没发出叫声了。

◎作者简介

正冈子规

1867—1902

俳人、歌人，明治时期文学宗匠，本名常规，别号獭祭书屋主人、竹乃里人等。1867 年出生于爱媛县，东京大学国文科肄业，在学期间开始研究俳句，后因染上结核病，决意以“杜鹃啼血”为自己命名，改号为“子规”。大学中辍后以记者身份任职《日本》报社，并将报纸作为文艺活动据点，1893 年开始连载《獭祭书屋俳话》，对以松尾芭蕉为代表的传统俳句提出批判，揭开俳句革新运动序幕。此外，他也是个棒球爱好者，不仅曾于棒球草创期担任捕手，还多次以棒球为题材发表俳句、短歌和随笔，致力于棒球在日本的推广。

◎轻知日

一、子规堂——正冈子规自 1894 年至逝世于东京的住所，1945 年在东京空袭中烧毁，五年后重建，保留正冈子规书房及庭院样貌，1952 年被指定为东京都文化史迹，目前作为纪念馆对外开放。

二、正冈子规纪念球场——位于上野恩赐公园内，全称为“上野恩赐公园正冈子规纪念球场”。根据正冈子规随笔，他曾于 1886 年至 1890 年之间在此打棒球，故后人于 2006 年 7 月 21 日正式以他的名字命名，并于球场内建造正冈子规句碑。

小说

寿司（鮨）

冈本加乃子

凑先生吃寿司的习惯，知代的父亲当然很清楚。从鲔鱼的中肚开始，接着是酱刷熟鱼，然后是味道淡泊清爽的蓝鳞类的鱼，最后以煎蛋和海苔卷结束。

东京的下町和山手的交界处，是个有很多坡道和崖壁的街区。从繁华的大街弯进这些小巷，感觉来到了另一个世界。换言之，厌倦了大街或新道路的繁华喧扰的人，有时为了躲避嘈杂，转换一下心情，会转进这里蜿蜒的巷弄里。

福寿司的店就位于这个街区最低洼之地，两层楼的铜板外观，只有正面在三四年前经过装修，背面则由几根梁柱插进崖壁支撑着，是就这么将就使用的古老民宅。

这里很久以前是间普通的寿司店，因为生意不好，之前的老板将店招牌和整个住家转让给知代的父母，店就这样接手经营了下来。

新的福寿司的老板原本在东京首屈一指的寿司店里任寿司师傅，练就了一手精湛的厨艺，对周围的状况观察细致入微，为了提升寿司的品质不遗余力。原本的店之前几乎都是外卖的客人，换了新的老板后，寿司台前和在店内土间[①]等候的客人变多，原本只有

---

① 日式房子中不铺设地板或不做处理，可以穿着鞋子进出之处，包含院子或从事农作之处。现代住家大多指玄关的脱鞋之处。

夫妻和女儿知代三人经营，不久又招募了新的师傅，没有女儿和女佣的帮忙实在忙不过来。

来到店里的客人十人十个样，但有个共通点：都是被现实生活压得喘不过气来的人，来到这里求的是暂时抛下肩上的重担，转换一下心情。

仔细聆听每个客人的要求，让他们在店里享受些微的奢侈，重要的是，在店里的时间能暂时放空搞笑。每个人随自己的喜好，有时展现真实的自己，有时装扮成另一个面孔。即使在这里说了什么不得体的事或不得体的话，也不会被人看不起。就像彼此心知肚明玩着逃避现实的游戏，有一种物与类聚的亲近感，以一种互相体谅的眼神交流，看彼此抓着寿司的手和喝着茶的样子。但也有些客人只是一副面无表情、无所谓的模样，默默独自抓起寿司，吃完了就干脆地走人。

寿司这种料理所孕育出的光鲜细致和气氛，不论人们如何沉溺其中，也不会打乱店里的秩序。万事皆轻轻拂逝，不拘泥地默默溜走。

光临福寿司的常客中，有原本狩猎枪具店的老板、百货公司负责外出拜访客人的业务组长、牙医师、榻榻米店主的儿子、电话管理经销商、石膏模型技师、儿童用品销售员、兔肉推销员、曾做过证券商的隐居人——另外还有住在这城区某处，毫无疑问的剧场相关的演艺人士，在剧场以外的闲暇时间，似乎还兼做别的，穿沾着脂渍的上下绢衣，以青白色的手熟练地抓起寿司吃的男人。

这些常客住在此街区，有空闲时去完理发店后顺道来光临；从稍远的地方来的人则是有事来这附近，借办事之机顺道来光临寿司店。依季节不同，当白天变长时，通常在下午的四点左右就会点灯做生意，那时是店内往来客人最多的时候。

每个人选自己喜欢的位子坐下，有人会点原本是寿司料的生鱼片或醋腌小菜来下酒，也有人立即就点握寿司。

知代的父亲，也就是寿司店的老板，有时会从厨房来到土间，将盛着微黑的押寿司[①]的盘子拿到常客

---

① 也称箱寿司，将醋饭和食材放进盒子里，压成固定状的一种寿司。

中间的桌子上。

“这是什么？这是什么？”

好奇的脸从四面八方聚集了过来。

“啊，请尝尝看，这是我的睡前酒的下酒菜。”

老板的口气宛如和朋友说话般。

“这吃起来不像是海鲫仔，味道比较浓。”

有人塞了一口进嘴里后说道。

“是竹筴鱼吧？”

于是坐在靠近榻榻米的柱底旁的老板娘——知代的母亲——爽快地摇着两颊的肉，大笑说：“大家被老板勾起好奇心，一下就见底了！”

“这是用盐渍秋刀鱼做的押寿司，加了豆渣中和了盐味和油脂，然后做成押寿司。”

“老板太过分了，竟然一个人私自做这么好吃的东西一人独享——”

“原来秋刀鱼换个做法，味道完全不同啊。”

客人们围绕这个话题七嘴八舌地热烈讨论。

“再怎么说我们实在没有多余的财力能挥霍啊。”

“老板，为什么不把它加入店里的菜单啊。”

“开什么玩笑啊，如果把它列入菜单里，其他的押寿司就卖不出去了啊。况且大家知道是用秋刀鱼做的，根本卖不了好价钱啊。”

“没想到老板还蛮有生意头脑的啊！”

其他像是做成生鱼片后剩下的鲣鱼的边肉、鲍鱼的肠、鲷鱼的白子内脏等，老板有时也会运用巧思调理，再突然端到常客的面前。知代看到总是蹙着眉头道：“真不敢相信，这么不上相的东西竟敢端出来。”但是，平常即使常客私下拜托老板也不做，他会在大家意想不到之时突然端上桌。大家也知道老板对这件事顽固又阴晴不定，绝不会刻意央求。

真的很想吃的时候，会偷偷拜托老板的女儿知代。于是知代一脸不耐烦的表情，却还是达成客人的心愿。

知代从小就看惯了这样的男人，透过这些男人知道世间就是这么凑合着组成的，甚至感到些许的稚气。

上女校时，她因身为寿司店的女儿而多少感到害羞，每次进出家门时都小心翼翼尽量不让朋友接近，为此吃了不少苦头，也感到孤独。光看着家中的父母之间的关系，也多少习惯了某种程度的孤独。父亲和母亲不至于争吵，各自的心情总是独立的。生存所需的必要接触上，比起事务性分配，两人在本能上相互配合协调并替对方设想的方式上，已有一定的默契，这样的关系自然而然地发展出来，以世间的角度来看，像是一对关系良好的沉默夫妻。父亲一心想在下町的高楼里开分店，兴趣则是饲养小鸟。母亲不爱游山玩水，不买衣服，只是从每个月店里赚进的收入中留出自己的零用钱存下来。

双亲对女儿只有一件事看法一致，就是至少得好好接受教育。在知识日益重要的社会风气中，双亲一致认为这是能在社会上与人竞争的财产。

“正因为自己是手艺人，至少唯一的女儿要好好受教育。”

二人虽然这么想，但对女儿的未来应如何着手，却是一片茫然。

天真无邪地长大的女儿，表面看起来很通晓世事，个性爽快且带点孤独，这是知代的个性。这样的女孩当然不会树敌也没有人看她不顺眼。但她对男人只是有事照办，一点都没有女孩应有的温柔婉约和羞怯，也没有年轻女孩的娇羞和态度，在女校的教员之间一时成为问题，但大家了解了她家里做生意的环境让她自然养成如此的个性时，也就不以为奇了。

知代有一次参加学校的校外远足到多摩川。看着初春的小河混浊的河底，有几条鲫鱼游来漂去，尾鳍在宛如新茶的绿色水里熠熠生辉，吃着桥柱底的青苔，然后又游往别处。鲫鱼接二连三游来聚群，摇摆闪动的尾鳍。一群游来又一群游去，此交替的自然景色甚至不曾停留在人类的意识，就像在暗中做着不起眼的事，但看来似乎有几条鱼停留其间嬉戏着，有时不上道的鲶鱼突然加入其中。

自己店家的常客人来人往交叠更替，就宛如此春天河川里的鱼一样（即使有称为常客的一群人，但其中的成员总是流动的，经常变化），而自己就像是桥柱底的青苔。每个人轻触自己接收慰劳后离去。对知代来说，在店里服务客人一点也不觉得是尽义务，也不感到辛苦。穿着胸和腰都未有变化的少女样式的喀什米亚质地的制服，踏着喀隆响的男人木屐，帮客人端茶。当有客人故意说些揶揄的男女情事，知代也只是嘟着嘴，耸起一边肩膀，回道：“别取笑我啊，我无话可回。”语气中极轻巧的妩媚之声瞬间消失无踪。让客人微微开朗的心意点燃自己的心情，然后微笑回应。知代就只是这般的福寿司店的招牌少女。

客人中有一位姓凑的先生，是位年过五十的绅士，浓浓的眉头和一张带着忧郁的脸。有时看起来更老，但有时又像热情的壮年。敏锐的理智散发出一种信念的特质，让他的人品突出于众人，也柔和了他带着苦涩的表情。

浓密的卷发呈现适度的蓬松感，分出发线，蓄着法国胡须。有时穿沾满尘垢的红褐短靴配上手织毛线衣，有时身披老旧的结城连身短便和服。确实是单身，但到底从事什么职业没有人知晓，店里的人不知不觉中都习惯称他老师。他对寿司的吃法很讲究，却不像是寿司通。

咚的一声糊空木的手杖敲着地面的声音中，他一屁股坐在椅子上身体略往寿司台前倾，怅然地看着玻璃后方的生鲜食物一一确认。

“喔，今天的种类很多啊。”说完后接过知代端来的茶。

“红蚶看起来很肥美。今天的蛤蜊也——”

知代的父亲、福寿司的老板不知不觉记住了这位客人的洁癖，当凑来到店里时，不由得无意识地反复擦拭砧板和涂盘。

“那么，请捏一份给我吧。”

“好的。”

老板自然反射出和对其他客人不同的回应。凑先生吃寿司的习惯，知代的父亲当然很清楚。从鲔鱼的中肚开始，接着是酱刷熟鱼，然后是味道淡泊清爽的蓝鳞类的鱼，最后以煎蛋和海苔卷结束。寿司师傅则是适度将当天特别加点的鱼排入其中。

凑先生喝茶品尝寿司的当中，有时单手撑着脸颊，有时就这么低着头，将下巴放在撑在手杖前端的双手上，然后只是四处张望。有时透过开放店内的座位，看着映入眼里的深处，谷崖间露出繁茂枝叶的沼泽地，抑或望着洒了水的正门通道对面的土墙垂下的米槠叶。

知代起初认为这是位有点拘谨无趣的客人，但渐渐看惯了这位客人谜样的眼神和视线，察觉他从奉上茶到吃完寿司之间，一直看着远处，一次也没将视线转向自己身上，因而感到有点难耐。虽然心里这么想，但又害怕对方将视线转向自己身上，彼此视线定住交会，有可能让自己坚持的理念被分散淡化。

这一年在偶然的机会下照面时，虽然只是一丝好感的程度，当对方对自己微笑时，知代在这位年长的客人身上感受到和父母不同，对自己带着暖意。因此当凑依然总是望着远方时，知代会刻意在土间一隅煮沸的水壶前，停下正做着刺绣的手，发出干咳的声音或是什么噪声，以自己的方式不经意地想引对方注意。凑果然受到引诱，突然抖动，然后看着知代，露出微笑。上下排牙齿紧密咬合，看似紧抿的嘴线变成一条圆弧，嘴上的胡须一端吊起靠近眼角——父亲边捏寿司，眼睛边微微上瞄，但只认为是知代在耍淘气，又面无表情地回到手边的工作。

凑与来到这家店的常客无话不谈，赛马、股票、时局、西洋棋、将棋、盆栽——大部分都是在这种场合里客人之间自然会交谈的话题。凑大多是让对方讲八成，自己开口的机会只有二成，这样的沉默寡言并非看低对方，也并非忍耐听着无聊的话题。其证据表现在，当他被敬酒时，肯定会举杯说道："来喝吧，我因为身体不好，被下了禁酒令，但这种场合，当然还是得喝上一杯的。"接着数度抬起细长有力的手，向对方表示敬意，高举酒杯，爽快饮尽后把酒杯倒过来。然后灵巧地高举酒壶帮对方斟酒。这样的举动展现了他对人的亲和力及努力要加倍回报对方的好意，这样的个性让他在常客之间极受欢迎，大家都认为老师是个有品德的好人。

知代看到这样的凑其实心里不是滋味。以他给人的印象来说，这样的态度太过轻浮。对于其他的客人总是恣意随性的举动，如此慎重地还之以情，会减损凑本身具有的特质。她甚至认为平时明明一副阴沉的个性，一旦和人交谈，就展现出一副上了年纪的男人对人情饥渴的本性。知代此时连凑的中指上戴的像古埃及甲虫的银戒指，看了都感到厌恶。

对于凑的回应，兴奋过头的客人更是不断向凑举杯，凑兴致一来夹着笑声开始和对方干杯，看到这一幕，知代不由得靠上前去，说道："您不是说不能喝太多吗，就此打住吧。"将凑手上的酒杯顺势拿走。然后代替凑默默把酒杯还给对方。这不光是为了凑的身体着想，而且知代感到一股莫名的嫉妒。

"知代将来肯定是个会照顾人的好太太。"

对方此时会顺着回应收场。凑也苦笑然后向客人回礼，重新面对自己的桌子，伸手拿着沉重的茶杯。

知代渐渐对凑产生一股奇妙的感情，有时反倒只能一副冷漠的表情以对。有时当凑进到店里，知代就不知消失到哪儿去了。当凑发现时，反而摆出一张开朗的浅笑，但当完全看不到知代时，又觉得怅然若失，只能比平常更多凝视着大街道或后方的山谷景致。

某日知代拿着笼子准备到大街的虫屋去买河鹿蛙。知代的父亲对这类动物的饲育很讲究，饲育的方法也很专业，但有时还是会遭遇困难导致数量锐减。今天又来到初夏季节，是河鹿蛙会发出爽飒鸣叫声的时节。

当知代来到位于大街上的店家附近时，看到凑拿着玻璃钵从店内走出。凑没发现知代，小心翼翼地注意手上的玻璃钵，径自往另一边走去。

知代迅速进到店里，向店家订购自己要买的东西，在店家准备将购买物放入笼子之时，知代走出店外，想一探凑往哪里去。

当河鹿蛙被装进笼子后，知代立即拿起，急忙地追上凑。

“老师啊！”

“啊，是知代啊，真难得，竟然会在大街上相遇。”

两人走着互相看对方买的东西。凑买了西洋的观赏鱼——髑髅鱼。鱼骨像寒天[①]般透出鱼肉，肠则堆挤在鳃的下方隆起。

“老师住在附近吗？”

---

① 指琼脂。

“我就住在前面的公寓。但是不确定什么时候会搬家。”

凑表示难得在大街上相遇，想请知代喝一杯茶，物色街上适合的店家，但附近却找不到一家适合的店。

“不可能搬着这样的东西到银座去吧。”

“是啊。不必去银座，就在这附近找一处空地稍微休息片刻吧。”

凑环视周遭开满新叶的绿树，往天空嘘了一口气说道。

“这个主意不错。”

从大街转向小巷，前方的壁崖边有一块医院被烧毁的空地，炼瓦墙的一侧看起来就像罗马古迹。知代和凑将手上的东西放在草丛上，伸长双脚。

知代其实有一堆问题想问凑，但现在这般并肩而坐，感觉好像也没有必要了，只是被雾霾般的空气围住，静静地坐着。反而是凑似乎心情颇为兴奋。

“今天的小代看起来像个大人啊。”心情似乎很好。

知代思考说什么才好，但似乎也只是随性地就这么脱口而出。

“你真的喜欢寿司吗？”

“这个嘛……”

“那为什么要来吃呢？”

“当然没有不喜欢，只是啊，不是那么想吃的时候，吃寿司就成为我的慰藉。”

“为什么？”

于是凑开始说明为什么不是很想吃寿司时，吃寿司一事会成为自己心里的慰藉。

在一个跟不上时代且快要支撑不下去的家族，突然诞生了一个奇妙的孩子。大家族的崩坏没落一事比起大人，小孩感到的威胁更为强烈吧，当这样的情况突然产生激烈变化时，孩子在母亲体内已经被此威胁侵蚀生命了吧——凑以这一段话作为开头。

这个孩子小时候不喜欢吃甜食。想吃的零食最多只有盐味煎饼。吃的时候，上下牙齿会小心地咬合，从圆形的煎饼边缘开始规矩地慢慢啃。没有受潮的煎饼大都会发出好听的声音。孩子会将咬下的煎饼碎片在嘴里细细咀嚼后顺着咽喉吞下再继续咬下一口。上下排牙齿再次小心对齐，把煎饼的下一个缺口放入两排牙齿中间——当不小心咬碎时，孩子会闭上薄薄的眼睑倾听。

喀滋。

一样的喀滋声，其实有很多不同的状态。孩子听惯后能分辨声音种类的不同。

当听到一定调性的声响，孩子会颤抖着身体，一只手拿煎饼，暂时陷入沉思，眼里会涌上少许的泪珠。

家里的成员只有双亲、兄姊和用人。这个孩子在家里被当成奇怪的孩子，且在外面也很偏食，不爱吃鱼，也不太爱吃蔬菜，对肉类更是敬而远之。

表面上看起来随和但其实很神经质的父亲有时会说："小子，你是怎么活下来的？"并特地来看孩子用餐。或许是因为时势所使，父亲明明很胆小却总是勉强装出大方的样子，眼看家族没落，只能不认输地说："什么，又来了，又来了。"孩子的小小餐盘上，和往常一样只盛着炒蛋和浅草海苔。当母亲看到父亲又来偷看时，总是用衣袖赶紧遮住说："你不要在一旁起哄，害他心情不好连这都不吃就糟了。"

这个孩子其实对吃饭一事感到痛苦。把那些具有色、香、味的块状物吞进体内，感觉身体似乎被什么污秽的东西侵占了。心想难道没有像空气一样的食物吗？肚子饿时虽然充分感到饥饿，但却不想随便把什么东西吞下肚。有时会用舌头去舔放在客间装饰的通透水晶，甚至用脸颊去磨蹭。当饿到不行，脑袋里会变得异常清醒，然后渐渐失去意识。这曾发生在他眺望着隔着谷地的池水，山丘后方的夕阳正西沉之时（凑出生的家位于和这附近地势相似的都会的一隅），孩子心里甚至觉得就这么倒下死去也无所谓。但此时两手却勉强插入已饿扁的肚子的腰带间，身体虽然前倾，头却后仰，叫着："母亲。"

孩子叫的不是现在的生母，孩子在家中最喜欢的是生母，但孩子还有其他称为"母亲"的女性，似乎就在身边。如果自己现在喊母亲，那位女性立即回应并且出现在眼前的话，自己肯定会吓到昏倒。但光喊母亲却有着悲伤的快感。

"母亲，母亲。"

像薄纸被风吹拂的颤抖声持续着。

“来了。”

回答且现身的是自己的生母。

“咦，这孩子，你怎么在这里，你还好吧？”

摇着孩子的肩盯着他的脸瞧。孩子看到母亲好像弄错情况了，突然感到羞怯，脸红了起来。

“我不是说了要你三餐好好地吃饭吗，你这个不听话的孩子啊。”

母亲语重心长地说。就在这样的担心之中，发现了蛋和浅草海苔是这个孩子最爱吃的东西。这只会对孩子的消化造成负担，且看起来也不清洁。

孩子有时会感到一股哀伤，不知道从体内的哪里冒出来，塞满了全身。这时看到什么有酸味、软软的东西都想咬。找来生梅子或橘子的果实来咬。到了秋黄季节，孩子知道都会后方的小山丘或山谷里会有这些果实，也知道乌鸦会来啄食这些果实。

孩子小学成绩很好。只要读过一次听过一次的事立刻理解且会像印刷板一样，将之烙印在脑的皱褶里。孩子觉得学校课业太过简单而感到无趣。因无趣产生的冷淡反应却让他的课业更好。

不论是在家里还是学校，大家都当他是个特别的孩子。

当父亲和母亲在同一个房间里争吵后，母亲会来到孩子的身边，语重心长地说：

“我说啊，你一直这么瘦下去，学校的老师和学务委员们认为是我们家的卫生不好才导致这样的结果。你父亲听了这么烦，你也知道他很爱面子，对我可是恶言相向啊。”

母亲重整姿势，将手放在榻榻米上，对孩子低头：“我拜托你，多吃一点长胖一点，不这样的话，我看我早晚都坐立难安啊。”

孩子也隐约感到自己的畸形体质总有一天会造成什么犯错的罪恶感，或已经造成了什么麻烦。对不起，竟然让母亲双手贴在地上，叩头道歉。孩子惊吓之余不由得全身颤抖，但心情却有种不可思议的安心。原来自己已经这么不孝，变成恶人了。自己竟然是这样无可救药的人，那么就算走上自我毁灭之途应该一点也不可惜。好吧，什么都吃看看吧，吃不惯的东西也努力吞咽让身体颤抖，呕吐或反胃也好，如果全身因而污浊腐烂致死，正合己意。与其活着不断对食物东挑西嫌，烦人又恼己，这样反而乐得轻松。孩子装作若无其事地和家里的人吃一样的食物。然后立即吐出来。忍住极端的无力感硬把食物塞进嘴里吞进咽喉，但想到吃下肚的食物除了母亲之外其他女人的手也碰触过，不由得胃整个收缩——看到女佣的裙子下摆露出斑驳的红围裙或是煮饭的老婆婆侧脸的发鬓油，这些意象在胸口暴力地回旋骚动。

兄姊露出厌恶的表情。父亲只是瞥了孩子的侧脸一眼，一脸若无其事地继续拿着半倾的酒杯。母亲清理着孩子的呕吐物一脸怨恨地看着父亲的脸。

“你自己看吧，这并非我的错，是这个孩子天生的体质。”然后叹气。但母亲反而对父亲更加畏惧。

隔天，母亲在映着青绿阴影的檐廊铺上新的草席垫，拿出砧板、菜刀、水桶、蚊帐等东西，且都是刚买的全新物品。

母亲让孩子隔着砧板坐在自己的正对面。将一个盘子放在孩子面前的托盘上。

母亲卷起袖子，伸出宛如玫瑰色的手掌像魔术师般翻动手掌手背给孩子看。接着配合说话的语调擦拭着手。

“你看，这些器具都是全新的。买来这些东西的是你的母亲啊。我把手洗得这么干净。你明白吧。知道的话，那接下来——”

母亲将醋倒入钵里，里面装着刚煮好放凉的饭，然后混合。母亲和孩子心里哽咽。接着母亲靠近钵，从里面抓起一口饭的分量，以双手捏成小的长方形。

蚊帐里放着调理好的寿司食材。母亲敏捷地从中取出一块轻压，放在捏好的长方形饭团上，然后放在孩子面前的盘子上。是玉子烧寿司。

“你看，是寿司噢。可以直接用手抓起来吃噢。”

孩子顺着母亲的话。被肌肤柔顺抚摸后的恰好的酸味中，饭和蛋的甜味在嘴里交融，铺满舌上的美妙滋味——吃了一个后，不由得涌起一股想靠到母亲身边表达美味和亲近的感受，像掺杂着香味的温水浸满孩子的全身。

孩子害羞不敢说出好吃，只是挤出笑脸，仰望母亲。

“好吃吧，再来一个，好吗？”

母亲像变魔术一样，把手心翻过来，然后捏饭团，再从蚊帐里取出一片食材轻压，放在孩子面前的盘子上。

孩子这次有点害怕地看着眼前白饭上的白色切片。于是母亲立即表现出没什么好害怕的样子，说道：“没什么噢，把它当成白色的玉子烧来吃吧。”

这是孩子出生以来第一次吃乌贼。如象牙般滑溜，比起生麻薯好咬多了。孩子吃乌贼的过程宛如一场冒险，屏息后，脸色瞬间松懈了下来。好吃的感觉，只能以笑容来表达。

母亲这次在白饭上盛放白色通透的切片拿给孩子。孩子接过后准备放入嘴里时，有一股不快的气味掠过，让鼻子刹那冻结，只好一鼓作气把它塞进嘴里。

白色通透的切片咀嚼后化成高雅惊人的美味，混合后的微妙滋味通过孩子细小的咽喉。

“刚才的，确定是真正的鱼肉。自己能吃鱼了——”

发现这件事后，孩子感受到首次咬着活生生的食物的征服感和新鲜感，涌起一股想环视周遭的快乐。瘙痒的两侧腹腋也瞬间化成欢愉，僵硬的手指不由得搔着腹侧。

“嘻嘻嘻嘻嘻。”

孩子不由得大笑了起来。母亲也感到自己终于战胜了，将手指上沾的一粒粒白米拭落，沉着地不让孩子看到蚊帐里的食材，刻意说道：“接下来要吃什么呢……我来看看……不知道还有没有……”

孩子惊慌地大叫：“寿司！我要吃寿司！”

母亲压抑内心难掩的兴奋之情，一脸惊呆的表情——孩子最喜欢母亲此时的表情，美得令人终生难忘的脸。

“接下来，就按客人的喜好，让我来捏下一个寿司。”

就像第一次，母亲将玫瑰色的手靠近孩子面前，像魔术师般掌心掌背翻了一遍后，开始捏寿司。又变出了另一个白肉鱼的寿司。

母亲最初小心翼翼地选了没有腥味的鱼肉，也就是鲷鱼和比目鱼。

孩子一个接一个吃着。母亲捏好放在盘子上的寿司，孩子一个接一个抓起，迫不及待地吃下肚。母亲和孩子就这么沉醉在此过程中，专心一意、毫无意识地掉入只有二人的完美世界里。五六个寿司被捏好，被拿起，然后被吃掉——这一连串的过程形成了有趣的节奏。外行人的母亲捏的寿司，每个大小不一，形状也不统整。寿司在盘子上时而倾倒，上面的食材时而滚落。但这反而让孩子感受到母亲的爱，自己再重整寿司的形状后才吃下，觉得更加美味。孩子平常在内心暗自幻想的另一个母亲，和眼前正在捏寿司的母亲终于重叠，变成同一个人。希望两者完全一致，但又觉得完全一致反而令人感到害怕。

平常自己在内心呼唤的母亲，果然是眼前这位母亲吧？如果真是眼前这位拿了这么好吃的东西给自己的母亲，那偷偷将心转往别的母亲，自己真的很抱歉。

“那么，今天就到这里吧。太好了，你真的吃了不少呢。”

眼前的母亲用沾有饭粒的玫瑰色的手拍着孩子的

头，表情愉悦地说。

之后孩子又吃了母亲亲手捏的寿司五六次，孩子因而完全习惯了。有像石榴花般的赤贝肉，也有两道银色的直条针鱼，孩子竟也吃惯了。孩子后来渐渐能吃平常的饭菜和鱼。身体也和以前完全不同，变得很健康。进中学时，已经长成让人不由得回头想再看一眼的健康少年。

不可思议的是，迄今对孩子冷淡的父亲突然对少年产生了兴趣。让孩子对坐在晚餐小酌的菜色前，和孩子举杯对饮，或带孩子去玩台球，甚至去茶屋喝酒。

在此同时，家道渐渐衰落。父亲看到长得美丽的儿子穿着深蓝掺白的和服，举着酒杯啜饮的模样，不由得陶然，想象他将来被女人宠爱的画面。儿子在十六七岁之时，已变成了一位放荡的酒色浪子。

母亲看着辛苦养大的儿子受父亲嗜酒放荡的影响而变成放浪之子，感到愤恨。看着愤恨难平的母亲，父亲始终没正面回应，只是苦笑沉默以对。家道衰落的积郁苦闷，父母借此争吵来宣泄心情，儿子只能在一旁感到无奈。

儿子去上学时，被认为是学业优秀理解力高的学生。中学时他也没花什么力气读书即取得好成绩。轻易地就从高中进了大学。虽然如此，他内心潜藏着阴郁，很想摆脱内心莫名的不安，却始终找不到出路。在长久的忧郁和乏味的游乐中，就这么大学毕业并取得工作。

当家道完全崩毁，父母和兄姊相继去世。儿子因为脑子好，不论去到哪里都被重用，但不知为何对于复兴家业或升官发达之路却完全提不起劲。当年近五十，第二任妻子也撒手人寰之时，因小小的投机赚了不少钱，后半辈子独自生活应该也没有问题，就此辞去工作，开始了他辗转在此处的公寓、彼处的租赁处的，居无定所的流浪生活。

“我说的这番话里的孩子已经长大了，话里称为儿子的人就是我。”凑在讲完此长长的故事后对知代坦白。

“啊，原来如此啊，所以先生才喜欢寿司啊。”

“也不尽然，长大后就变得没有那么喜欢了，但可能因为年纪大了，频繁想起母亲了吧，连寿司也变得让人怀念。”

两人坐在医院烧毁后的空地，一处有个老朽的藤架，藤蔓像荆棘般从空中爬到地上，即使如此藤蔓的尖端仍长满了嫩叶，其间还开着像水滴般垂下的紫色花蕾。庭石的根部旁的杜鹃，倚着石头被移除的洞穴的半边。洞穴的半边残留着被火烧过的枯黑树枝，但另一半边却开着白色的花朵。

庭院边缘的峭壁下变成电车行驶的铁道，时而传来电车驶过的轰隆声。

龙须里一朵鸢尾花的紫，在风中的夕阳下摇曳，两人身旁的一棵棕榈粗木的树影渐渐倾斜。知代买的放在一旁的竹笼里的河鹿蛙，开始发出三三两两的啼叫声。两人面带笑容地看着对方。

“啊，这么晚了。小代得赶快回家，耽误你了。”

知代捧起河鹿蛙的竹笼站了起来。凑把自己买的鱼骨通透的髑髅鱼给了知代，就这么离去。

之后凑再也不曾现身福寿司店。

“最近都没见到凑先生的人啊。”

常客猜测着许久不见的凑的下落，但不久也就渐渐遗忘了。

知代很后悔当初和凑分别时，没能问清楚凑居住的公寓。无法主动去拜访凑，知代只能偶尔到医院烧毁的空地发呆，或是看着周围想着坐在石块上的凑的身影，眼眶时而涌出泪水，然后又茫茫然地回到店里。但不久后，知代不再有这样的感受。

最近知代每次想起凑时，只会漠然地想着。

“先生现在应该已经搬到别处，去光临其他地方的寿司店了吧——毕竟寿司店到处都有啊——”

◎作者简介

冈本加乃子

1889—1939

小说家，本名冈本加乃，1889 年出生于东京。师事女歌人与谢野晶子，早期以诗歌创作见长。1910 年与漫画家冈本一平结婚，却因夫妻间的对立与次子猝逝，导致严重的精神衰弱。此后开始钻研佛教各流派，并发展出个人独特的生命哲学，作品多可见宗教影响。1936 年发表以芥川龙之介为蓝本的小说《病鹤》，受川端康成好评推荐，正式于文坛出道，并在短短三年间发表《母子叙情》《金鱼缭乱》《老妓抄》等代表作，复杂的情感与对人敏锐的洞察交织而成极富生命力的独特作品世界。

◎轻知日

一、《老妓抄》——冈本加乃子的短篇小说代表作，1938 年 11 月发表于《中央公论》。故事描述一名富有且活力十足的老艺伎，意图培养经常出入她家的电器行青年成为发明家，青年却因沉溺于安适生活背叛老艺伎，被誉为明治以来首屈一指的短篇小说。

二、冈本加乃子文学碑“骄傲”——位于多摩川二子桥附近的二子神社境内，1962 年由冈本加乃子长男冈本太郎设计建造，造型摩登。碑文为《老妓抄》文末女主角所咏诗歌，以冈本加乃子亲笔笔迹刻成。

三、冈本太郎——1911—1996，日本前卫艺术家，冈本加乃子长男。以大型立体作品受到国际注目，用色浓烈鲜艳，笔触即兴，展现抽象画风和超现实主义特色。代表作品包括 1970 年大阪世界博览会精神地标“太阳之塔”，最有名的口号为“艺术就是爆炸”。

鸡肉料理

A PARODY[1]

堀辰雄

接着我欲记下的梦中的我所饮的葡萄酒（？）也比我手上这瓶第里雅斯特产的葡萄酒有更上等的味道。似乎梦中的我过着比现实中的我更好的生活。

① 意为“戏仿”。译者注。

前文提要

以前有位作曲家塔蒂尼[1]

在梦中创作了一首奏鸣曲《恶魔的颤音》(Trillo del Diavolo)

关于这个曲子的传说很有名，

想必读者诸君应该都知道。

引用我手边的音乐辞典的记述，

塔蒂尼在某个平静的夜晚，

做了一个将自己的灵魂卖给恶魔的梦。

梦中的恶魔手拿小提琴，

轻巧完美地弹奏他无法企及的奇异曲子。

“我几乎忘了一切，陷入惊叹。

这曲子几乎让我屏息。

但我无法从梦中醒来。

我取出我的小提琴，

---

① Giuseppe Tartini，威尼斯作曲家兼小提琴家，1692—1770。译者注。

试着把我听到的曲调记录下来。

经过几番挫折，终于把它像样地演奏出来。

那时我创作的乐曲，即是Trillo del Diavolo。

和我在梦里听到的乐曲相较，根本望尘莫及。”

这是晚年大作曲家自己在感慨中，

向他的天文学家友人拉朗德①透露的喟叹。

连这么有才华的塔蒂尼都如此感慨，

如我这般微不足道的小诗人中的一人，

要非常苦恼才有办法将诗化成形体。

况且就算在梦里看到如此魅惑人的故事情景，

一觉醒来总是只剩下残破的片段，

每天早晨我数度搜集这些破碎的残片，

就像收集被海浪打上来的岸边漂流物，

只能拱手哀伤地眺望眼前的风景。

“啊，梦中的诗人是何等幸福啊。

呜呼，比起来，现实迫在眼前的诗人实在太悲惨了。”

---

① Lalande，1732—1807，法国天文学家。译者注。

在如此感叹中，昨晚我照例爬上床。

其实有位杂志记者黄昏时来到我的住处，

说无论如何都要我明天写好稿子交给他，不然他无法交差。

我答应他，只要我熬夜赶，肯定来得及，就这么成功把他打发。

但之后我立即好困。“啊，不行。与其这么撑着挤不出半个字，不如做个梦，或许能为诗带来灵感。”

于是我边想边爬上床，然后就这么沉入了睡乡。

接着开始出现一个接一个的梦境，

但今晨醒来全都忘得一干二净。

那就随意写吧，我满怀怨气，

正想喝杯黑咖啡时，突然涌起这样的想法。

“吾欲书写的梦里的讽刺短篇中，

使魔法的婆婆将酱汁淋在皮包骨的鸡骨上，

端出来让我吃，

这味道有点特别喔。

那我也效法她这么做吧。

将我的Waterman ink（威迪文牌墨水）洒在乱糟

糟的梦的残骸上，

或许也能成就一篇刚好的文章吧。

就这么做吧……”

一、奇妙的店

我做的梦大概都有颜色。有人跟我说会做这种梦是因为神经衰弱的缘故。这无关紧要。我想说的是，我做的有颜色的梦有两种。一种是由鲜明通透的色彩组成的梦。此颜色刚好和缤纷多彩的糖果有点像（我听说吃糖与做梦有关，有一次我满嘴彩色糖果入睡，隔天早上起来，确实做了和彩色糖果颜色相仿的梦……）。对了，后来我迷上了玛莉·罗兰珊[①]的画，也是因为其画作的色彩和我的梦很接近。回到原题，另一种梦则没有很鲜明的颜色，而是被一种无以为名的强烈色彩整个涂满的感觉。但我几乎没有在现实生活中看过这样的颜色，故或许可将它称为无色。但却

① Marie Laurencin，1883—1956。法国画家、雕刻家。译者注。

不是没有颜色。我有一次看到某场景，立即有股直觉冒出:“啊就是这个颜色。”那是法国的美术杂志《新精神》(*L'ESPRIT NOUVEAU*)在数年前刊登过的毕加索的静物画(Nature Morte)。啊，那幅画和我梦里的颜色很相似啊。

我欲书写的“奇妙的店”是属于第一种类的梦，有鲜亮的色彩。那个梦的开头，是我经常在这种梦里梦见的一个熟悉的场景。这个我经常梦见的场景，由一棵绿色的树所组成。此鲜绿的树叶美到让人惊艳，视线不由得盯着树叶直看，如此炫目耀眼。但是它之所以炫目耀眼或许不只是因为绿色的叶子，在茂密的绿叶上有无数像是硫黄色的斑点。那些斑点宛如无数的黄色小蝴蝶群聚在一起飞舞，抑或是树本身长了无数黄色的小花，在微风的吹拂中受到太阳光的反射而形成的光景。我也搞不清楚是怎么回事，只知道自己看得入迷。我不知道它是什么树，但我的梦中总是出现相同的树——至少已经出现过七次左右。因此应该对它不感到陌生才是，但不可思议的是每次树一出现，我仍然像第一次看到它，惊讶不已，兴奋地只能看得出神。

突然梦的场景突变。不是连续的移动，而是不连续的跳动。也就是说，这两个场景之间有很大的间隙。当我醒来时，梦怎么看都前后不合，或许就是因为这个间隙所致吧。我努力想用什么把间隙填满，但却怎么样都不顺利。我也只能放任间隙存在（但只有在此时两个场景才会连续。我惊艳地看着不知是什么的树。在我看得入迷之时，我会想起我曾经在其他地方确实也看过这样的树，涌起这样的感觉。此时树已经从梦里消失，只有残影尚存留在我的脑海中，然后我不知不觉站在第二个场景。大概是这样的感觉）。

对面的街角突然发生一股骚动

聚集了众多的人

我渐渐离开正抬头看着的树木，不由得往街角走去

似乎有什么罕见的队伍正静静地朝这边来

大家实在看得太入迷了，我也不由得跟在人群之后伸长了脖子想一探究竟

队伍越来越接近

是象！象！象！好大的象

就这么一只象默默地，缓慢地，挥动着鼻子走过来

象的皮肤就像把写满了横排文字的报纸揉成一团，再度摊平贴上般

尽是皱纹，很不平整

背上挂着火红的毛毡，再仔细看

毛毡上载着一个小香炉

从中升起微细的白色的烟

似乎是什么广告，但没有人知道

我询问了旁边的人，那人一副不知所以、理所当然的脸

但那香炉冒出的烟却很好闻，是种无法形容的美好气味

即使象不知道已往何处去，气味始终残留着

（只有象的残影和气味残留在我身体里，场景已经转换了）

我看到对面有一间像是温室的房子

几乎全张贴着玻璃

我看到它时，直觉应该是间温室吧

因为透过玻璃，我看到室内摆放着几盆我没看过的热带植物的盆栽

但它却不是普通的温室

里面还放着桃花心木制的五六个小桌子，呈现一种刻意放置的杂乱风情

每张桌子上只装饰一盆热带植物

但又觉得怎么有这么奇妙的咖啡店

而且里面空无一人，寥寞空洞

想进去确认

但如果擅自闯入肯定会被斥责吧

暗忖的我像个胆小的侦探，蹑手蹑脚地偷偷潜入

当我一推玻璃门时，顿时传来一股好气味

而且和刚才象的好气味很像

甚至让我涌起莫非是刚才留在我鼻子里的气味突然苏醒了

是一股无法形容的好气味

里面依然空无一人

我战战兢兢地在桌旁坐下

开始搜寻气味的来源……此时我才发现

热带植物盆栽的影子一旁有个烟灰缸

上面有一根似乎是抽到一半被放置的烟

而且还冒着微微升起的白烟

这似乎是让我着迷的香气的来源

我的脑内又浮现了大象

然后才渐渐发现原来那头象是鸦片的广告

“哎呀，难怪没有人知道是什么气味

原来这里是鸦片窟啊……”

我又重新环视了店内

依然空无一人，空虚

静谧无声，只有时光静静地流逝

但刚才肯定有好几组客人在

大家似乎才刚刚离去的空间感飘散着

感觉店里的空气带着强烈的疲惫困顿

明明没有人却飘着人的气息　宛如鬼出没般让人战栗

甚至有一股是否发生了什么惨剧的静默痕迹

莫非刚才这里上演了客人之间的冲突杀人事件

为了收拾残局在店里的人才将所有东西都处理掉离开了

才留下空荡荡的氛围吧……

我如此猜想，再度环视店里，却找不到痕迹

椅子和桌子摆得工整，盆栽也没有倾倒

但怎么都觉得这些东西摆放的位置很不自然

宛如急忙当中把四处横飞、东倒西歪的东西

迅速重新摆好，才呈现的不自然

——脑袋空转，我只能呆然地以手肘撑着脸

盯着依然燃烧的烟缸上的烟蒂

它发出的气味刺激着我的想象力

“我是个晚到者……只差一步，不然肯定能看到什么让我惊喜的场面

我是个错过了目睹什么惨剧的不幸运者。”

这时我梦里的底片突然中断了……

我只能在这里和诸位读者说道

“皱着眉头的我

看着刚发生过的惨剧留下的古代静谧。”

我只能看到眼前这一幕

二、鸡肉料理

我振笔直书，脑袋一点都不觉得累，文思径自跑在前头让我的手追不上，我只能闭口默默动笔。然后我将笔稍搁下，倒了一杯葡萄酒，抽了两三根西敏寺（Westminster）烟。提到Westminster，这样比较其实没有意义，但我刚刚写下的梦里的气味实在是好闻，接着我欲记下的梦中的我所饮的葡萄酒（？）也比我手上这瓶第里雅斯特（Trieste）产的葡萄酒有更上等的味道。似乎梦中的我过着比现实中的我更好的生活。回到正题，接着我要写的梦，是第二种类的梦。这个梦虽然单调但却有深不可测，像是被深层的色（这么形容或许不完全，但就像是毕加索的某张画的颜色）整片涂满的感觉。

这个梦被我遗忘已久，去年冬天当我到神户，入住俄罗斯人经营的奇怪饭店Essoyan时，才突然回想起来。这间饭店在我写生的《旅之绘》的短篇里也曾出现过。此旅馆里有位时而很美，时而变丑的奇怪少女。一天晚上过午夜十二点时，我正好回到饭店，面对我房间的远处昏暗走廊，有个通往二楼的楼梯，这位少女身穿睡衣，单脚正踩在台阶上，一直盯着正要进房间的我。……此时这个梦突然在我脑海里苏醒。我感到一阵诡异，径自进了自己的房间，但梦里的我却大胆多了。

那个梦也是以像这间饭店一样的奇怪饭店为背景。也出现了少女。但却是更加可爱的少女。……场景位于山手的城区，我和一位少女擦身而过，少女向我做了一个我不明白的暗示。我这么觉得。于是我追在少女身后，随少女来到了一条阴暗小巷后的一间奇怪的饭店……

我犹豫了片刻后便进了饭店

随少女爬上了凹凸不平的楼梯

老旧的楼梯正中央因承受太多的压力而凹陷，非常难走

这让我花了不少时间心力才爬上楼梯

终于爬上楼梯一看，阴暗的走廊通往好几个房间

其中一间的房门正好要关上

我似乎看到后方有一个消失的人影

我站在那个房间门前敲了门

没有回应，我再次敲门

门的另一侧终于有脚步声接近，但出现的却是一位老婆婆

她一副丑恶的样子，一脸不怀好意地看着我

我灵机一动扯了个谎，说我是来吃鸡肉料理的

我突然想起了刚才爬上楼梯时，斑驳的墙上写着“鸡肉料理……”（下面的字看不出来）的小看板

听了我的话后，老婆婆不情愿地请我进入房间

房间里只有一张很老旧且到处是洞的桌子

我坐在桌子前环视房间的四处

完全看不到刚才的少女的影子　甚至连桌子下方都仔细看过，果然没有人

“确实是进了这个房间啊……”我暗忖

看着心不甘情不愿搅拌着对面低矮的火灶上的大

锅的老婆婆的背影

我突然起了疑心，莫非这位老婆婆是个魔女

她肯定把可爱的少女藏在什么地方了

抑或把少女变成了什么其他的模样

但这里究竟是什么地方呢？我惶惶不安地张望房间各处

此时老婆婆从锅里将什么东西舀到盘子上端了过来

有裂缝的盘子上装着似乎是鸡脚的骨头

“啧，这种东西也敢端出来给客人吃？”我一脸不满

老婆婆只是讪讪地笑，然后拿了一瓶酱汁

淋在我的盘子上

因为是我佯装熟客，指名要吃鸡肉料理的

虽不想吃也不能不吃

我勉为其难地吃了一口，奇妙的味道，但却不难吃

当我再吃第二口时

锅子突然一股异样的蒸汽冒了上来，一旁的柜子上

突然出现了一瓶葡萄酒映入我的眼帘

原本以为是空瓶，但仔细一看

似乎还有八成的葡萄酒在里面，径自诡异地摇着瓶身

老婆婆似乎很在意，不时以怪异的眼神看瓶子

我不经意地对又在搅拌锅子的她说道

“老婆婆，请给我一杯葡萄酒。”

老婆婆似乎理解我的话，向我回应（是个让人感到不舒服的眼神！）

但她却无视手边的瓶子，反而走向另一边的架子取其他的酒瓶

我越来越觉得这个瓶子很诡异！

这个瓶子或许正是刚才那位少女？那位少女在这个瓶子里？

我趁魔女走向远处的间隙，伸长身体偷了那个瓶子

然后迅速地逃出房间外

惶惶中飞来的魔女正想要抢回我手上的瓶子

我变身为武者，和魔女对决

我打倒了魔女，但她却紧抓我的脚不肯放

不论我怎么甩怎么踢，她都不肯放手

我终于放弃了夺取酒瓶逃走

就地把瓶口打开，站着大口大口灌起酒来

眼看我就要把酒喝光了，这酒有无法言喻的好滋味

喔！我是个酒鬼！我竟然喝了一位少女！

如果我那晚在Essoyan饭店的走廊遇见那位怪异的少女时，我有梦中的我一半大胆的话……呜呼，我在现实中完全无法像梦里那样大胆行动。但在我不察之中，之所以我无法有机会变得如此大胆，是因为现实是有责任的。现实的机关，比起梦里要令人愤恨。梦里的少女为了我干脆地变成了葡萄酒。但现实里的Essoyan饭店的少女，时而在我面前展现了美，时而化成了丑，让人摸不着头绪。当想起那天夜里，啊，那位少女的脸宛如魔女老婆婆，站在我眼前啊！

◎作者简介

堀辰雄

1904—1953

昭和时期小说家，1904年出生于东京。毕业于东京帝国大学国文科，师事室生犀星、芥川龙之介。1930年发表以芥川龙之介为原型的小说《神圣家族》确立文坛地位，深受法国文学影响，着重心理描写与分析，擅写生命与死亡。后因结核病频繁往返于东京和轻井泽疗养院，于轻井泽邂逅未婚妻矢野绫子。1935年未婚妻死于结核病，隔年执笔以未婚妻的爱与死为主题的小说《起风了》，1941年发表唯一长篇小说——《菜穗子》，获第一届中央公论社文艺奖。这两部作品皆以通过凝视死亡肯定生命价值为主题，为堀辰雄生涯代表作。

◎轻知日

一、《起风了》——堀辰雄于 1936 年至 1938 年连载的小说。以第一人称“我”为主角，描述与患病的未婚妻节子于信州富士见高原疗养院共度的最后幸福时光。2013 年由宫崎骏执导，结合原作与零式战机开发者堀越二郎经历，改编为动画电影《起风了》，以 120 亿日元票房成为 2013 年日本最卖座的本土电影。

二、堀辰雄文学纪念馆——由堀辰雄自宅改建。他于 1951 年至 1953 年逝世前居住于此。馆内展示堀辰雄生前使用的茶几、座椅和亲笔原稿、书简等。依照堀辰雄指示细心排列，在他过世前十天完成的书库亦开放参观。

夫妇善哉

织田作之助

每天早上煮味噌汤时，看到柳吉缠着工作带削柴鱼的样子，总是不由得对蝶子叨念，让先生做这事不好吧。殊不知是柳吉为了追求美味，不自己削柴鱼片实在不甘心。

整年都有人上门讨债，每天宛如岁末，酱油店、油店、蔬菜店、鱼店、干货行、炭屋、米店、房东及其他，严厉上门追讨。在小巷入口处经营牛蒡、莲藕、番薯、三叶、蒟蒻、红嫩姜、鱿鱼、沙丁鱼等全部一钱[①]的天妇罗小贩种吉，每次看到有人上门讨债，只能低头假装揉面团。附近的孩子在一旁喊道："大叔，给我炸一份牛蒡啰！"没过一会儿，他回应："来了！现在马上炸给你！"种吉搅拌着磨钵的底，连鼻水滴了下来都没察觉。

讨债的人知道找种吉没用，几乎所有人都无视种吉的存在，径自往小巷里，直接找种吉的太太谈判。太太阿辰和种吉个性完全不同，精明地打量讨债人的举止。当上门的人大摇大摆走进来一屁股坐下，不耐烦地敲地板时，阿辰逮住机会说道："在别人家里任意敲地板，您说这像话吗？"不客气地睥睨对方，"这里可是宿着家里的神明啊。"

虽然内心打着演戏的算盘，但不由得情绪亢奋，

① 当时 100 钱等于一日元。译者注。

声音甚至带着哽咽，像因对方突如其来的举动而受到惊吓："要我自重点儿也好，但你们绝不空手而归啊。"只好重新展开交涉，你来我往后，阿辰斗输了，对方坚持不空手而回，她只好咬紧牙关还了五十钱或一日元。虽大多情况如此，但有一次提出对敲打地板的抗议时，对方一时找不到借口回话，突然起身低头道歉，一溜烟被吓跑。事后能听阿辰抱怨的人当然只有女儿蝶子。

看到母亲的模样，蝶子一方面觉得羞愧，另一方面又心生同情。此时，她对于自己央求母亲要买食物的钱，还有从卖天妇罗的零钱箱里偷来几块硬币的行为，暗自感到懊悔。种吉的天妇罗因味道评价好一直卖得不错，但似乎是赔钱生意。不论是莲藕还是蒟蒻，食材切得很厚，连阿辰都觉得根本不划算，种吉在做生意的盘算上，认定"七厘炭炉卖一钱食物，肯定不会赔本"。他认为家里之所以没钱是之前累积的负债将每天做生意的收入都吃掉，种吉说的话听来似乎有理，但十二岁的蝶子知道父亲的算盘里根本没细算炭火钱和酱油钱。

光靠卖天妇罗实在难以维持生计，每当附近有葬礼时，种吉就去充当抬棺夫补贴家用。氏神的夏日祭典，穿泳裤抬宫家的大灯笼，一天可赚进九十钱。如果再穿上盔甲再多三十钱。当种吉不在家时，就由阿辰来炸天妇罗。阿辰会精打细算材料费，祭典当日看到种吉经过，心想种吉想必觉得很窝囊，盔甲下的汗水不断滴落。

因为家里实在太穷，蝶子小学毕业后就被送去当女中奉公[①]。河童横町的木材店的老板提出了优沃的条件，阿辰脑袋不由得兴奋，但仔细想想，对方肯定打着将来把蝶子纳为妾的主意，父亲怎么也不肯点头，硬是把她送到日本桥三丁目的旧服装店劳动，即使条件恶劣。据说以前河童曾住在河童横町，木材店的祖先廉价买下这块人人敬而远之的土地，盖了房子出租，现在收取高额的房租而攒了些钱。人们都在背后说河童就是木材店店主，他有好几个妾，隐含了吸取年轻人气血的意味。蝶子眼看长得亭亭玉立，五官小

① 住在别人家里或旅馆、料亭等地劳动的女性。译者注。

巧端正，难怪木材店老板觊觎。

在日本桥的旧服装店挨过了半年多，某日冬天早朝，为了到黑门市场采买而故意绕道到旧服装店前的种吉，看到正在店前打扫的蝶子，双手红肿甚至渗血，于是当场把蝶子就这么带回家去。然后将她带到原本期望的曾根崎新地的茶屋，让她去学艺，准备将来成为艺伎。

种吉的手里有了五十日元现金的进账，眼看这笔钱会因还债而消失，但这是种吉唯一收过的一笔大钱。原本就没有能富裕悠哉度日的想法，听到十七岁的蝶子想当艺伎时，这位父亲感到狼狈。心里想盛大庆祝，却不可能边发天妇罗边告知大家，况且还得费心准备祝贺礼、衣服、各式礼品等，实在劳心劳力。如果有雇主愿意赞助出资的话另当别论，但这等于借钱，会限制了蝶子的未来，于是反对此做法。结果个性开朗的蝶子对艺伎环境心有所往，不断哀求后，种吉只好顺了蝶子，想办法如她的愿。因此，蝶子的状况不适用于辛苦工作都是为了父母亲的俗语。不怀好意的客人时常认为之所以来当艺伎肯定是家里有状况，劈头盖脸就问是为了令尊吗……以为她不是父亲爱赌博，就是田地被人骗了，将引来同情的眼光。但这一点不符合蝶子的家里环境和个性。她想要哭诉说父亲根本反对我当艺伎，差点就要断了父女关系，但实情无法说出口。只好模糊焦点，以“我的父亲可是像客人您一样帅气的男人啊”来回应，这么说想必引来反感，但由蝶子口中说来，反而有一种娇媚之姿。蝶子对自己的歌声很自信，不论在什么场合都能放开嗓子尽情高歌，咽喉和额头浮现青筋甚至让袄纸微微震动的浅声唱法，使她成为让座席充满开朗气氛的不可或缺的舞娘，因活泼而受到欢迎。但是，蝶子对唯一一位熟悉的便宜化妆品商的儿子，把真相都说了出来。

这位叫作维康柳吉，有太太，还有一个今年已四岁的孩子，三十一岁的男人，初次见面三个月后关系就曝光，引来流言，让刚独立的柳吉形象受挫。代替中风卧床的父亲，柳吉为生意四处奔走，据说买卖的商品有理发店的香皂、刮胡霜、腮红、发蜡、美颜水、去头皮屑洗发水等，每次去理发店刮胡子，必会注意店家使用的化妆品标志。有一天，蝶子经过梅田新道的柳吉家的店前时，穿厚织衣的柳吉正在监督送到地方小商店的货品装箱。他取下夹在耳朵上的笔，在账簿上速速书写，过一会儿又把笔叼在嘴里开始拨起算盘的模样，看起来利落干练。突然视线交会，蝶子的耳根都红了，柳吉则装作若无其事，不时地偷瞄蝶子。这让他看来像是很自律有礼的人。柳吉有轻微的口吃，在讲事情时脸会朝上，有点含混在嘴里的模样，在蝶子眼里看来，是个思虑稳重的男人。

蝶子以为柳吉是个可靠稳重的男人并到处宣扬，因而大家会以为是她对柳吉有好感也无法反驳，毕竟谣言总为人们所爱。柳吉喝醉时发出净琉璃的感怀哭调的丑态，人们看了更加确定谣言果然为真。

柳吉喜爱夜店二钱的味噌猪皮烧，甚至被取了猪皮烧的绰号。柳吉十分热衷美食，时常带蝶子去“好吃的店”。据他的说法，北边没有好吃的店，好吃的店都集中在南边，他不习惯高档的店家，讲难听一点儿根本原因是浪费钱，如果真的想吃美味的食物，“跟着我就对了”。但尾随其后，进去的都不是一流店家，顶多是高津的汤豆腐屋，或去下面的夜店吃猪皮烧、粕馒头[①]，戎桥筋SOGO旁“汁市”的泥鳅汤和鲸皮汤，道顿堀相合桥东边的“出云屋”的鳗鱼，日本桥“章鱼梅”的章鱼，法善寺境内“正弁丹吾亭”的关东煮，千日前常盘座旁的“寿司舍”的铁火卷及鲷皮醋味噌，对面“达磨屋”的什锦饭和糠汤等，都是一些不怎么花钱的便宜庶民料理。根本不是可以专程带艺伎去光顾的像样店家，一开始蝶子也认为怎么带我到这种地方，但听他说“怎、怎、怎么样，很好吃吧，这么好吃的东西只有这里才吃得到啊！”，蝶子听着柳吉的话，也渐渐觉得美味。

路上摩肩接踵，足袋被粗暴地踩踏，以致发出尖叫声，这反而引人食欲，四处游走吃这些庶民料理，也变成愉悦之事。挤进比肩而坐的客人之间，也无损于北方新地艺伎的身价。虽然都带蝶子去吃这些便宜的料理，但穿的和服、腰带、长襦袢到腰带绳、腰垂饰、草鞋，这些柳吉都花钱买给蝶子，蝶子当然没有

① 酒糠发酵的红豆包。译者注。

立场嫌对方小气。还收到乳液、去头皮屑的洗发水等，一开始还不太习惯，后来渐渐爱用。再说父亲现在为了一钱天妇罗而辛苦赚钱，和贵人悄悄出游时，偶尔会想起父亲沾满油的手，跟随其后，也渐渐有了风情。

新世界二家、千日前一家、道顿堀的中座对面和相合桥东边共五家鳗鱼料理店当中，出云屋和相合桥东边店家的鳗鱼饭滋味最好，酱汁刚好渗入白饭，非常提味，“怎么样，很适合下酒吧！”柳吉嘟起嘴吹了吹，两人一起满足地填饱肚子，再到法善寺的“花月”去听春团治[①]的落语，一起开怀窃笑，握着的手里不由冒汗。

深入交往后，和柳吉外出愈加频繁，有时甚至一起远游，不久后柳吉手头变紧，蝶子察觉了这点。

父亲中风卧病时，亦不忘将银行的账簿和印章藏在被榻下，这让柳吉束手无策。再怎么说能自由运用的钱有限，只能四处到客人的理发店收钱，攒些小

① 桂春团治，人气的古典落语家。译者注。

钱来过日子，眼看对方越来越不近人情，脸上渐有菜色。此时，蝶子送了男人穿的草履给柳吉。附加的信里写道：好久没来了，人家很担心，想见面谈谈。柳吉看得懂蝶子想要见面谈谈，但这封信不知怎的传至病人的床榻，他被叫到病人枕边，怎么说都不听劝，死心的父亲不由得泪水直流，大发雷霆："我这次一定要把你打醒，只恨我的身体已没有这样的力气。"年轻的太太把才五岁的女孩抱在膝上，不肯抬头看柳吉一眼。内心已打算回娘家，忍住不吐出怨气。丧气的柳吉在心里对蝶子抱怨，都是蝶子太出风头。但蝶子却没有因此生气。草履可是想尽办法买来的，印着戎桥的"天狗"记号，夹带还是蛇皮做的。

"别以为火炉下的炭灰也是你的，我跟你断绝父子关系……"这么破口而出的顽固父亲，死去的母亲听到这番话肯定会哭到断肠吧。看此情况最好暂时离家避避风头，否则情况无法收拾。柳吉一出家门才想起，东京还有许多地方未收款。算一算应该有四五百日元才是，心里的乌云突然散去。立即前往常去的茶屋，把蝶子找来，告知一切后，邀蝶子一起私奔。隔天，柳吉在梅田车站等候，日正当中蝶子大摇大摆地穿越车站前的广场而来。眼镜夹着头发，风尘仆仆而来，柳吉倏地升起一股嫌恶感。接着两人迅速搭上前往东京的火车。

八月底在异常湿热的东京街头四处奔走，趁离月底还有两三天的时间收了三百日元左右的款项，就这么直驱热海。柳吉原来要请温泉艺伎来表演，但被蝶子驳斥，蝶子想到今后两人的未来，心情一沉。被父亲断了父子关系，暗忖立即回家道歉的柳吉，倒是一副无所谓的模样，无视擅自离开雇主的蝶子内心的不安。艺伎来时，蝶子展现普通的表演却明显凌驾当地的艺伎。“我们比不上大阪的艺伎啊。”这让蝶子的心稍稍获得了安慰。

两天后，中午时分突然响起奇妙的声响，接下来一阵激烈的摇晃。“地震”“是地震”，彼起此落的声音四起，蝶子虽然抓住了格子纸门，腰却突然软了，尖叫坐倒在地。柳吉抓紧相反方的墙壁无法动弹，也开不了口。两人心里瞬间涌起后悔私奔的念头。

在逃难列车中两人根本无心交谈。终于抵达梅田车站时，直驱上盐町的种吉家。途中看到许多电线杆上贴着关东大地震的号外。

在夕阳下炸天妇罗的种吉看到两个人现身，惊讶到说不出话来。被晒黑的脸上，汗水夹着泪水落下。站着交谈一会儿后，才知道种吉早已从雇主口中得知蝶子失踪一事，但不知道现在蝶子人在哪里又过得如何，猜测肯定是被什么坏人骗走，然后被卖到别的地方，甚至担心蝶子是否有生命危险，连夜里也无法安心入睡。听到被坏人骗了的说法，蝶子于是介绍一旁正用扇子扇风的柳吉："就是这男人。""喔，欢迎光临敝社。"种吉只说了这句话，然后也不正眼看柳吉，径自摸东摸西。

阿辰看到女儿的脸时，立即用浴衣的袖子盖住脸。停止哭泣后，两手平放在地，和柳吉打招呼："小女受到您的照顾……"接着又说："弟弟信一刚升上寻常小学四年级，今天还没放学。"不知如何应对的柳吉，带着口吃说天气的事。种吉则去订了冰。

苍蝇飞来飞去的四叠房间一点都不通风，甚至可以听到静静的闷热暑声。种吉提着装了草莓冰的箱子回到家，大家只是默默地啜冰。不久蝶子终于开口说两个人刚从东京回来，种吉诧异地："很混乱吧，东京不是发生了大地震？"也因此打开了话题。听到两人紧急搭上了避难列车逃回来，父亲开口安慰两人，一路上肯定很辛苦吧，同情两人的遭遇。年轻的两人，尤其是柳吉终于松了一口气。"我真的不知道应该怎么道歉才好。"他突然流畅地开口说出这句话，让种吉和阿辰不由得受宠若惊。

蝶子借了母亲的浴衣换上后，在心里暗下决定。既然都不告而别了，就不打算再回到雇主处，要和一样无法踏入家门的柳吉一起过生活。"我也不打算当艺伎了。"听了这句话的种吉回道："你喜欢怎么做就依你吧。"展现对女儿的宠爱。蝶子欠的借款还有三百日元，种吉暗中决定要每个月帮忙还钱。"我回去求父亲帮忙还债吧。"柳吉也无法沉默，开口回道。种吉听了只是摇摇手。"这可让我很为难。""害你父亲为难，今后我根本不知道拿什么脸见他。"柳吉对此没有异议。阿辰对柳吉说，蝶子从小除了麻疹外，从没感冒过，而且全身没有一处伤痕，我们是这么辛苦把她养大的……一开口说话眼泪跟着流不停，柳吉听了不觉刺耳。

在狭窄的种吉家无所事事度过了两三天后，想想也不是办法，于是到黑门市场的小巷弄里租了位于二楼的房间，确保不必再顾虑他人的眼光。一楼住的是折便当及寿司使用的饭盒的工匠，二楼的六叠房间原本堆满了饭盒，也以每月七日元的预付金租了下来。但两人的生活却遭遇困难。

柳吉没有工作，自然得由蝶子先撑起家计，既然决定不再当艺伎，能赚钱的方法也只有去帮忙中介艺伎之处当雇女，能赚到的钱很有限。在北方新地曾有一位同为艺伎的前辈阿锦，在高津有一间专为中介艺伎的介绍所。所谓的雇女就是临时雇用的女侍，到宴会或婚宴居中帮艺伎，这比起艺伎的豪华花宴便宜很多，预算少的宴会雇女需求很大，阿锦于是和几个曾是艺伎的雇女联络，派遣大家到宴会场，做中介能够赚取不少钱，现在甚至装了电话。一场宴会从黄昏到深夜六日元，去掉中介费，雇女一天只能赚三日元五十钱，婚礼的场合帮忙主持可再赚六日元，如果再加上谢礼，收入也不算坏，听到阿锦这么说，蝶子立即加入。

提着装了三味线的小型行李箱搭电车前往指定的地点，开始帮忙饮食部端食物及热清酒。三四十位的客人只有三个雇女，得跑遍全场替所有人斟酒已是件苦差事，还有更多辛苦的事。对于支付固定的会费就打算享尽好处的坏心客人，雇女们还没喘口气就得弹琴又唱歌，配合浪花节[①]的三味线又唱又跳，一刻不能休息，还被指定跳安来节[②]。即使如此，开朗的蝶子并不以为苦，努力配合，有客人甚至认为比请艺伎好多了。这番话让人感到悲哀。尤其年纪会让人大吃一惊的前辈们，在宴会结束之前突然收到小费，还得扮成年轻女郎回应，同为雇女，实在无法视若无睹。深

① 又称浪曲，江户中期以前始于关西的说唱表演，以三味线伴奏，一人演出口白并唱歌。译者注。

② 岛根县出云地区的民谣。大正时期广为流传，由艺伎手持筛子跳舞。译者注。

夜搭乘赤电车回家。在日本桥一丁目下车，只有流浪狗和街友在翻垃圾桶，街头几乎空无一人，经过飘散着鱼腥味臭气满天的静谧夜晚的黑门市场，弯进后面的小巷才传来诱人的香味。

应该是正在炖煮山椒昆布的味道，奢侈地将上等的昆布切成五等份分四方形大小和山椒籽一起丢进锅子里，倒入满满的龟甲万浓酱油，以松炭的文火炖煮两天两夜，就会和戎桥的“小仓屋”卖的山椒昆布味道几乎一样，柳吉这么说，从昨天为了找事做于是煮了这道菜。重要的是不能让火熄灭，然后得时时翻搅，故今天也足不出户，平常一天一日元的零用钱也省了下来。一看到蝶子回来，柳吉立即招呼：“怎么样，你来看看，煮得恰到好处吧。”手拿长筷子搅着锅里。蝶子对于这样的柳吉心里暗自怀着爱恋，但因个性而无法表现甜美的态度，顺了和服的长袖，放在长襦的膝上，一坐下来便开口说道：“什么啊，还在煮啊，闲着没事做，花了这么长的时间做了什么啊。”

柳吉开始叫二十岁的蝶子“欧巴桑”[①]。“欧巴桑，我的零用钱不够啊。”之后手里握着三日元，白天去下将棋打发时间，夜里到二井户的便宜“小哥”咖啡店光顾，摸摸女侍的手，“你和我有同感吧？”，和女侍闲聊。阿辰知道了觉得蝶子很可怜，不由得对种吉诉苦，但种吉却回答：“没办法，人家是公子哥出身啊。”一点也没有怪柳吉的意思，反而说：“把老婆和孩子丢下，跑来住在二楼的破旧房子，再怎么说，都要怪蝶子不好啊。”他同情柳吉。蝶子很高兴听到父亲这么护着柳吉，觉得自己的辛苦有价值。“我的父亲很了不起吧。”不知道柳吉是否这么想，他只是不经意地回答“嗯”，一脸不知在想什么的表情。

眼看岁末将近，在慌张的心情下，某一天柳吉开口说要回家拿正月拜年时用的附有家纹的和服，于是出门至梅田新道的家去。蝶子感觉被泼了冷水，但却说不出“不准去”。当天夜里有宴会的工作，她如往

---

① 日语音译，“老婆婆”之意。译者注。

常般提着装了三味线的行李箱准备出门，突然心情沉重。柳吉只是回老家拿有家纹的和服，这么小的事，却让蝶子不由得在意。因为家里有妻子也有小孩。今天的三味线的声音很隐晦沉重。但她还是以震动纸门的嗓音高歌，终于到了宴会结束时候，踏着雪道疾飞回家，柳吉已经回来了，坐在火钵前取暖，因酒而染红的脸几乎快要贴到炉火，只是发呆坐着，看来一副垂头丧气的模样。蝶子松了一口气。柳吉的父亲一看到柳吉的身影，躺在床上大骂，你还回来做什么。妻子已办了除籍回娘家去了。女儿由刚满十八岁的柳吉的妹妹笔子代为照顾，他连孩子的面都没能见到。听到柳吉和蝶子住在一起，父亲与其说是发怒，反倒像是嘲笑柳吉，而且还对蝶子说了很难听的话。蝶子无奈地说“说我的坏话我能理解”，但在内心却对柳吉的父亲暗暗发誓：“我一定尽我一己之力让柳吉成为独当一面的人，看着吧。”也像是说给自己听：“我没有要取代之前的太太的位置，只是希望维康能成为独当一面出人头地的男人。”这么想有种催泪的快感。此壮烈的心情加上见柳吉回到家的喜悦，当天夜晚蝶子亢奋难眠，睁着炯炯有神的双眼，瞪着低矮的天花板。

从很久以前蝶子就有把宣传单装订成小册记账的习惯，菠菜三钱、澡堂三钱、厕所纸四钱等，把每天的入出费用都写进去，两个人一起生活后，除了柳吉每天的零用钱外，谨慎不乱花钱，把当雇女赚来的一半的钱都存起来，因此也对存钱一事更为在意。即使是一钱二钱的小钱也很珍惜，连内领都用到年久积垢。为了正月打算进材料的种吉，因为没钱进货而来央求蝶子，她说："我可没有钱啊。"种吉走后阿辰上门问："那你怎么有钱让维康去咖啡店啊？"蝶子还是没答应给钱。

过年后，松内[1]也转眼而过。知道真的被断绝父子关系后，柳吉沮丧的模样让人看了于心不忍，还有对女儿的父爱。即使蝶子建议，柳吉仍没有硬把孩子抢过来的打算，心里暗自怀着总有一天能回去的想法。但和孩子分别依然让人感到寂寞，无法当成与自

① 正月装饰松树的时期，通常指正月一日到七日或十五日之间。译者注。

己无关之事。某天，柳吉遇到以前的游伴，被对方一邀，加上原本自己也喜欢饮酒作乐，于是好久没有喝得这么烂醉了。当天夜里蝶子生气到不肯让他进门，翌日他将蝶子偷藏的储金账里的钱都偷走，为了回请将朋友叫出来，到难波新地喝个够，两天就把钱都花光了，像没了魂似的，踉跄地回到黑门市场后的小巷里的长屋。“你还记得要回来啊。”说完后蝶子抓着柳吉的颈子推倒他，然后以捶肩的力道不断敲打他的头。“欧巴桑，你快住手，不要再闹了。”柳吉这么说，却一点反抗的力气也使不出。两天的宿醉他头都快裂开了，蝶子一拳打中卷着棉被愤愤叨念的柳吉的脸后，就这么出了门。到千日前的爱进馆去听京山小圆[①]的浪花节，但一个人实在很无趣，一出店才发觉这两三天几乎没有好好进食，突然感到空腹，于是到乐天地旁的自由轩吃加了蛋的咖喱饭。“这里咖喱饭的饭，煮得可是恰、恰、恰到好处，好吃得很！”边吃边想起柳吉曾经说过的话，喝着咖喱饭后的咖啡，

① 浪曲师，本名吉田松吉。译者注。

突然心里涌起一股甜蜜。悄悄回到家，看到柳吉打呼沉睡。心生恶作剧之意，大力摇着柳吉，柳吉终于张开眼睛，蝶子说道:“你这个阿呆！”然后嘟起嘴贴着柳吉的脸。

隔天两人再度前往自由轩，回程时到高津的阿锦家去，宛如感情好的一对夫妻。知道实情的阿锦替蝶子说了柳吉几句。阿锦的先生以前曾在北滨呼风唤雨，当娶了阿锦续弦时，突然开始没落。阿锦于是开了现在的雇女介绍所，先生也为了雪耻到北滨的交易所当文书，夫妻一起工作，才没让人在背后指指点点，认为没落之后靠阿锦的关系，才有了现在的生活，两人互相体谅配合。“维康啊，你也不要光是无所事事游手好闲，找地方劳动吧……”到底有没有心要找工作，柳吉只是面无表情地听。维康的心里在想什么实在让人摸不着，后来阿锦这么对蝶子说，让蝶子觉得很难堪。但不久后他找到了工作，蝶子立即向阿锦报告。虽然没有因此而感觉好很多，但依然让人高兴。

他在千日前的“伊吕波牛肉店”旁的剃刀店当

店员，从早上十点到夜晚十一点工作，便当自理，月薪二十五日元，接受此条件的话，朋友立即为柳吉介绍。柳吉虽不情愿但说不出口。因为对曾经贩卖过安全剃刀、毛皮、刮刀、剪刀等理发相关物品的柳吉来说，这是最合适的工作吧，再加上是朋友特别为他找的，实在无法拒绝。门口很狭窄，店内异常狭长，白天阳光无法充分照射，又为了节省电费，他白天在昏暗的店内拌着火钵里的炭灰，望着户外来往的人们，外头的炫目明亮像做梦一样。刚好对面是公共厕所，散发的臭气让人难以忍受。毗邻的竹林寺，对着大门的右边是铁冷矿泉水的卖店，左侧也就是靠近公共厕所处是烤麻薯的卖店。涂了酱油烤成焦黄色膨胀的麻薯，看起来很诱人，但让人提不起兴致想去买。烤麻薯的店老板夫妇从公共厕所出来也不洗手，柳吉回到家这么说。工作很轻松，窗里有个安全剃刀的广告人偶移动着身体磨着剃刀，路过的人看了觉得很有趣，不知不觉被吸引进门，此时柳吉只要上前招呼客人即可。就是这么简单的事。蝶子激励说："是啊，这不是很好吗。"

在剃刀店努力工作了三个月，和店主吵架，赌气休息，蝶子心想这只是柳吉不想工作的借口，早上也就不再叫醒柳吉，之后就自然而然辞去了工作。蝶子只好更努力当雇女赚钱。宴会的干事总认为应该给蝶子特别的谢礼，但谢礼通常是大家均分，这样很不公平。工作伙伴都很喜欢蝶子。大家蝶子长蝶子短地叫，心情好的蝶子有时会借给伙伴两三日元，但借了之后又开始后悔，因为无法开口催对方还钱，总是说些好话希望对方能心甘情愿地还钱。积少成多的五十钱想到就心痛，但对柳吉却大方地给零用钱。柳吉每天都很无聊的样子，有时偷偷到梅田新道去，但回来的时候一副沮丧的模样，让蝶子不由得在意。似乎父亲的怒气未消，让柳吉感到忧郁。这件事让蝶子的情绪负担更大。得知柳吉因此频繁光顾咖啡店，蝶子忍住自己内心的嫉妒。默默地给钱时，内心比外人想象得要波动。

回到老家的柳吉的妻子，据说因肺病死去，蝶子悄悄到法善寺参拜“结缘之神”，并点了蜡烛奉献。但后来睡醒时感到恶心，于是问了对方的戒名，在家供奉。看到前妻的牌位在头顶上方，柳吉老觉得怪怪的，但却没有特别说些什么。不论说什么似乎都会带来麻烦，干脆什么都不说。柳吉不曾在蝶子面前对牌位参拜。蝶子每天早上都会换上鲜花，没有一天漏掉。

两年过后，存款终于超过了三百日元。蝶子想起当艺伎时的事，询问种吉钱是否都还清了，对方说："你放心，都还了。"并把借据拿出来给蝶子看。蝶子知道母亲阿辰在赛璐珞人偶店兼差，弟弟信一在卖晚报，收入微薄可想而知，到底是如何筹到债款，一想到此不由得眼眶泛红。因而第一次起了给弟弟五十钱、阿辰三日元、种吉五日元的念头。这么一来存款刚好剩下三百日元。其中柳吉找艺伎寻欢作乐花掉了一百日元左右，只剩下二百日元。蝶子完全没心情哭。黄昏坐在没有点灯的昏暗六叠的屋里正中央，两手交叉肩膀上下起伏，只是盯着障纸的破洞看。柳吉回来后也不在乎被艺伎用三味线拨弄而伤的玩乐痕迹，恣意翻来滚去。

生活上的节约已是极限，为了尽早取回那一百日元，她绞尽脑汁。作为赚钱所需道具的衣服破旧到不能看了，才会拿去重染，再来就是季节变迁时，每每进出当铺想办法度日，老是被服装店的人说，自觉羞愧，半年内终于存到原本的金额，觉得就这么一直借住二楼的小房间会被人看不起吧。至少租间店面做个什么烤番薯的生意也好，蝶子和柳吉商量，柳吉依然毫不经意地说："说得也有理。"但某一天他突然默默地行动，在高津神社坂下租了房子，里面有一间大小的客间和三间半的内侧空间，雇用了木工施工两天，自己也一起动手改造，再拿出原本经商时的经验和人脉，进了剃刀及各式物品在内店委托贩卖，新的剃刀店转瞬间开张了。从安全剃刀的更换刀刃、耳搔、头梳、拔鼻毛器、指甲刀等小用具到皮革、升降转盘、西洋剃刀等商品，连从澡堂回家的客人也奉为上客，毕竟店的正对面就是澡堂，心思纤细让蝶子也不由得佩服。开店前一天职场的雇女同事们送了祝贺的挂钟来，她不由得兴奋地提高嗓音："远道而来欢迎欢迎！"接着夸赞柳吉道："都是外子[①]细心张罗的啊！"

---

① 指自己的丈夫。译者注。

看到将袖子缠起，正擦拭陈列架的柳吉，一点也没有大男人的样子，倒是让女人们看了直佩服，“维康先生认真起来还真的是辛勤劳动啊。”

开业的早晨，正打算卷头巾的蝶子在店里坐了下来。正值中午时刻，都没客人上门啊，柳吉有点担心地说，蝶子什么都没回，径自张大眼睛盯着大街来来往的过路人。中午过后，终于有客人上门买了一片安全替刃，有了六钱的收入。“感谢惠顾”“还请再次关照”，夫妻两人的贴心服务甚至让人有点喘不过气。不知道是因为没人气还是因为是新的店家，当天只有十五个客人上门，而且都只买了替刃，整天的收入算算还不到两日元。

客人还是不多，如果能卖出一把吉列刮胡刀就好了，但大多数上门的客人不是买耳搔就是买替刃等小东西，连日来收入都没什么起色。话题好像也说尽了，两人无趣地对望，更加觉得百无聊赖。实在太无聊，柳吉说出白天想花一到两小时去练习净琉璃，蝶子也无心阻止。至今无所事事的期间，其实随时都可以去学的，但还是心有忌惮，到了开始做生意才开口。这样的心情外人肯定无法理解，但蝶子觉得有点感伤。柳吉拜附近的下寺町的竹本组升为师，每个月付谢礼五日元当学徒，然后到二井户的天牛书店去搜寻学艺的古书，每天就这么晃出门。虽开始做生意，但客人不上门实在也没辙，看店时也把学艺古书就这么摊开，发出孱弱的练习声，真叫人难为情，蝶子又无法坦白夸他有进步。每天就这么吃老本度日，蝶子只好再出门去当雇女。再度复出的夜晚，蝶子心有所感，原来劳碌命就是这么回事啊。在宴会的场合当然得以客人优先，当一个人得撑全场时，突然失去了在人前助兴的心情。傍晚当蝶子出门后，柳吉早早关了店，到二井户的市场里的小店吃什锦饭和虎鱼赤汤，再点醋味噌乌贝下酒，结账时共六十五钱，柳吉说真便宜啊，去咖啡店“一番”点啤酒和水果，再装阔绰给女侍小费，十天的营业额就这么飞了。两人靠雇女的收入来撑着，但柳吉乱花钱，一下子进货的借款也债台高筑，苦撑了一年终究还是选择收手，所幸还有人肯接手，才干脆地把店关上。

在店结束营业的前两天，降价拍卖带来了一百多日元的收入，再加上店的转让权利金一百二十日元，总共有二百二十多日元的现款，但进货的借款加上有的没的付完后，只剩下不到十日元。

要再租之前的二楼房间得先付房租，正当束手无策，东问西问之下，所幸出入阿锦之处的服装店的在外贩售员突然说起："我家二楼空着，蝶子小姐要住的话，房租什么时候付都没关系。"于是就租了飞田大门前大街后方的二楼房间。柳吉依然外出练习净琉璃，在附近的赤暖帘的五钱茶店待上几小时，无所事事打发时间。蝶子收到呼叫，不论雨天或下雪天都不辞辛劳出门挣钱，已经是雇女中的老手。组成劳工团体后，马上受托当上干事，连年长的伙伴也要称她一声蝶子大姐，成了大家心目中的可靠对象。衣服的袖尾磨损到令人感到羞愧，她很想要添购新的行头。而且楼下还刚好是服装外卖，不买一件铭仙[①]实在也说不过去，但仍一心努力存钱。总有一天要重新开一家店，抱着宛如替父母雪耻的心情，希望实现这小小的

① 江户到明治年间，女性平常穿的绢织和服。译者注。

心愿。

过了三年终于存到了二百日元。因柳吉喊肠痛时常得去看医生，又花了不少医药费，让人恨得牙痒痒，实在存不到什么钱。有了二百日元时，又跟柳吉商量:“有没有什么好生意可做啊。”柳吉这次依然不感兴趣，只是回道:“光那一点钱那能做什么生意。”某一天又在飞田的花街里瞬间花掉了五十日元的现金。四五天前，绕到梅田新道的家时，偶然听到妹妹即将嫁给入赘的女婿，虽然早已有了预感。在这节骨眼儿竟然还能召娼妓，一天花掉五十日元，真的令人无话可说。一脸呆滞回到家里时，他突然被蝶子抓起衣领推倒，蝶子骑在他身上，几乎要勒紧脖子。“啊、啊、啊，我不能呼吸了，欧巴桑你干什么?”柳吉只能不断在空中蹬着双脚。这回蝶子不给柳吉严正的教训实在无法消气，反而勒得更紧，又打又捶，最后柳吉只好发出悲鸣，哀求道:“饶了我吧，求求你。”但蝶子依然不肯放手。听到妹妹即将迎来女婿，看到赌气不满的柳吉，与其生气，更觉得悲哀，蝶子的教训里其实隐含了痴情。一逮到机会，柳吉发出喘息声慌张地冲下楼逃走，到厕所躲了起来。蝶子当然无法追下去。楼下的主妇以为两人争吵是为了女人，蝶子不发一言，只是以袖子掩面肩膀颤抖，主妇心想，这倒是意外地看到蝶子女人味的一面。先生年纪小的她对蝶子总是不出好言。每天早上煮味噌汤时，看到柳吉缠着工作带削柴鱼的样子，总是不由得对蝶子叨念："让先生做这事不好吧。"殊不知是柳吉为了追求美味，不自己削柴鱼片实在不甘愿。服装外卖员也有同感，某天和蝶子、柳吉三人一起到千日前听浪花节时，在拥挤的座位中，看到不知被谁捉弄、大声尖叫的蝶子时，心想真是大惊小怪的女人啊，不由得同情起一脸尴尬装作没看见的柳吉。回家后跟老婆这么说："看来她现在已经被维康讨厌了吧。"夫妻暗中说闲话，果然柳吉某一天出门后，好几天没有回家。

过了七天柳吉依然没有回来，蝶子半哭丧着脸到种吉的家，说柳吉肯定回去梅田新道了，现在是什么状况，你帮我去探一探。种吉受到女儿的委托当然无法拒绝，但硬要去查探分明想分手的对方家里，如果不小心被瞧见，真不知道会怎么被看待，于是拒绝了蝶子。“你最好干脆地死心吧，这样对你也好。”蝶子不满父亲竟然这么说，心情受到刺激而吵了起来，负气之下一个人跑到新世界的算命摊。“你为男人掏心掏肺不求回报的心反而让对方怨恨。这个星出生的人啊……”一问年纪，知道是丙午年出生，看八卦的算命师开始滔滔不绝地讲了起来，什么都会走上厄运。听到“男人的心已经倾向北方”，不由得心头一颤。北方正是梅田新道。付了钱走到外面，不知应该往何处去，在盛夏的艳阳下只是快步前行。想起在热海的住宿处遇到地震的事，也是酷暑之日。

第十天刚好是地藏盆节，小巷里充满了跳盆舞的人，硬是被拉去弹琴助兴，单调的旋律不断重复，但偶尔也弹变化的曲调，突然在绘行灯下看到步履蹒跚的柳吉的脸。行灯照着他的脸，他因为太亮而睁不开眼。中途三味线的弦突然断了。蝶子立即把他拉上二楼，满肚子的话无法说出口，倒是身体先扑了上去。

两小时后，说着再不走就没有电车了，柳吉离开了。短短的时间内柳吉说了这番话：“这十天频繁到梅田家不为别的，而是心有所思。妹妹纳了家里的养子当女婿，我被踢出继承人的行列虽然是世间规矩，但要我就这么忍气吞声也太过残酷。我每天到梅田家和他们促膝谈判，却一点回应都没有。虽然自己丢下妻子和孩子，和喜欢的女人一起生活的确是没有立场谈判，被取消继承权我也只能接受，但我应该得的如果不去争取，之后会懊悔自己为什么没有行动吧。父亲说你在行动前就应该想到后果的。蝶子，你不能在意。‘和那种女人一起生活的人，给了钱也等于是白费，结果肯定沦落到又被女人把钱给骗走的下场。如果真的想要钱，先跟那女人分手！’父亲只丢下了这些话。蝶子，这里就是最重要的关键戏了。总之，先跟父亲说我已经和女人分手了，把钱骗到手再说。之后再怎么无继承权或是祖先牌位都无所谓了，我们就用那笔钱来做轻松的生意，两人就可以白头偕老了。一直让你去当雇女我也不忍心啊。因此，明天家里的下人来时，你一定要清楚地说我们已经断了关系。当然不是真的分手。是，是演戏，演戏。只要拿到钱我就马上回到你身边。”蝶子心里残留着一半的甜蜜和一半的不安。

翌日早晨，去见高津的阿锦。听了蝶子的话，阿锦说道："蝶子啊，你被维康骗了吧。" 真是劳碌的苦命人啊。阿锦听到蝶子说维康一开始瞒着蝶子到梅田，就想到蝶子肯定会不小心就配合他演戏了。柳吉的内心或许盘算着，只要蝶子主动说要分手，那他就可以名正言顺地回家，然后就坐在梅田的家不走了吧。即使情况没有这么坏，那里再怎么样也是化妆品进货商，即使父亲不肯进货，情况再怎么不好也能拿到钱，也就是打双如意算盘；抑或他自己也还摸不清楚自己的心意。柳吉怎么说也有孩子，虽不说出口，但如果蝶子不主动说分手，柳吉就无法回老家。柳吉有一天能回来的话，希望蝶子一定要说："即使你要分手，我也不会死心的。" 蝶子照阿锦的说法行动。与其说谎假装分手，这么说还容易许多。况且，下人马上准备了分手费，收了钱就等于断了缘分。

过了三天柳吉回来了。一看到蝶子就说："你这阿呆，因为你的一句话全都玩完了。" 表情超级不悦。说到分手费："你如果收下的话，我也能拿到钱，不就皆大欢喜，你还真是没欲望啊。" 原来如此啊。但蝶子依然在意阿锦的话。

虽然从父亲之处没拿到半毛钱，但向妹妹求情要来的三百日元加上蝶子的存款，来做个什么生意吧，这次换成柳吉开口提议。剃刀屋的失败经验已不想重蹈覆辙，这个也不行，那个也不擅长，柳吉有兴趣的生意，想到最后只剩下烤番薯了……正抱头烦恼时，蝶子突然灵光闪现，关东煮似乎不坏，她对柳吉提议后，柳吉大表赞同：“啊，这、这、这真是不错的主意。让我展现厨艺，给你尝尝好味道。”接着开始寻找附近是否有适合的店，结果附近的飞田大门前的大街上正好有一家关东煮的店要转让。现在由一对老夫妇经营，因为地点和客人尽是些不务正业的人，成熟的女性客人都不持续上门，强势的女客人上门的话，店家反而被欺负，几乎找不到帮忙的人手，才决定要顶让，交涉之下，店里店外造价低廉，加上所有的道具，最后以三百五十日元成交。一楼全部涂漆用来做生意，二楼有个四叠半的房间当成寝室，天井低到几乎要撞到头且狭小阴湿，但城内外的往来人多，店又位于街角，店里的动线和出入口的位置都很理想，一听到价钱就决定立即接手。重新开张之前，到法善寺境内的正弁丹吾亭和道顿堀的章鱼梅等店去探访，只要看到关东煮的店立即穿过门帘进去品尝味道，调查店里供应的酒，观察做生意的手法等。听到要开关东煮的店，种吉马上说道:“不管是虾子还是乌贼，只要是天妇罗交给我就对了。”主动提议帮忙，但柳吉却回绝:“小菜会出，但不会供应天妇罗。”种吉觉得自讨没趣。阿辰在旁嘲笑种吉多管闲事。“有我帮忙一定没有损失的，而且我才不贪他们一毛钱呢。”

从两人名字各取其中一个字，取了店名“蝶柳”，终于要开张了。因为暑热的天气持续，铁下心叫了一大樽生啤酒，还在担心卖不完就浪费了，没想到根本是多余的担心，一下就卖完了。不借他人之手，夫妻两个人忙东忙西，夜晚十点到十二点是最忙碌的时段，连去小便的时间都没有。柳吉身穿白色料理服戴上厨师高帽，时而望着钱箱。看到钱不断进账，不由得高声喊“欢迎光临”，和开剃刀店时判若两人，叫卖声铿锵有力。还有俗称“娘娘腔”的中性街头艺人[1]来店里，弹着青柳[2]让店里更加热络，生气十足。但有时也有地痞流氓等酒品很差的同伙在店内吵架，这让柳吉看了胆战心惊。倒是蝶子拿出以往的魄力，顺利把客人送出，连美色都没必要使出。街区到深夜都还有客人，待收起招牌时东方的天空已转成紫色。筋疲力尽上到二楼的四叠半房间，才刚打盹，没想到闹钟就响了。穿着睡衣下楼，连脸都还没洗，就把立牌“供早餐，四样十八钱”拿了出去。清晨回家的客人立即上门，点了味噌汤、卤豆子、渍物，加上饭，刚好四样共十八钱，小生意不计多寡，重要的是有客人上门，也有客人点啤酒，生意还算不错，也就多少能忍耐睡眠的不足。

秋意渐深，开始吹起寒风，正好是关东煮“最适合”的季节，清酒则取代啤酒。酒屋的钱已能以现款支付，铭酒本铺甚至想要送招牌来，倒是蝶子的三味线被闲置在收纳柜里。这次虽然一半以上的资金不是自己挣来的，但柳吉投入的样子实在无可挑剔。连

---

① 指当时男扮女装的艺人。译者注。

② 三味线组曲。译者注。

公休日也没休，每天都辛勤劳动，没有任何浪费的支出，钱越存越多，柳吉每天到邮局。这是个耗费体力的生意，柳吉一累就喝酒提兴。因为知道柳吉一喝酒兴致大好就开始花大钱，蝶子时常看得提心吊胆，既然自己卖酒，柳吉多少会喝，主要问题是他饮酒的习惯。蝶子还有另一件挂心的事，不知道哪一件事会先来，没有一天能放心。柳吉喝大酒变得异常开朗，小口啜饮时原本口吃的他变得更沉默，没有客人时只是坐在椅子上发呆，不知在想些什么的模样，蝶子不由得猜测柳吉肯定又在想梅田家的事。

如预料，没能出席妹妹的婚礼让柳吉很沮丧，拿了二百日元就这么出门，过了三天都没有回家。刚好是赏花季节，又遇到周日和祭典、纹日[①]，店当然不可能休息，蝶子两天手忙脚乱地开完店，欲望尽失，忙碌再加上担心，身体已不听使唤，第三天终于决定休息。这天夜里柳吉回来了。她竖起耳朵聆听："这个时候半七在哪里做些什么呢？至今仍不回家，眼里完

① 江户时代官方许可下花街区订定的日子。这一天游女一定得接客，客人也习惯给较多的小费。译者注。

全没有我了，更对不起半兵卫和阿通，和三胜甚至怀了孩子，如果再不唤他回来，当心身败名裂，甚至有可能被家里断绝关系……”唱着三胜半七[①]的桥段走近的人，肯定是柳吉。

半夜唱着很糟的净琉璃，附近的人肯定皱起眉头。“我知道你很不中意，仍眷恋的我只能期待下辈子轮回，如果无法同床共枕，就让我屈就在旁，以前学会的技艺反而害了自己……”接下来由我帮你唱吧，蝶子抱着这样的心情下楼。柳吉的脚步声在家门前消失了。不发一语，他小心翼翼地咔嗒咔嗒拉开门。“请问是哪一位？”蝶子故意这么问。“是我啊。”“我怎么知道你是谁啊。”故意装作听不出来。“我是维康啦。”外头的声音带着颤抖。“有很多人叫作维康啊。”蝶子一丝不苟地回。“维康柳吉啦。”蝶子似乎决定要折磨柳吉。“维康柳吉这号人物在这里已经没有用处了。现在应该在别处散财吧。”挖苦地

---

① 江户时代殉情的男女。娼妇三胜和酒客半七相约殉情，后来被写进歌舞伎及净琉璃，并公开演出成为知名的剧码。译者注。

说完后，心想看在邻居的面子上，就到此为止，然后打开门。“你这欧巴桑，看我怎么杀了你。”蝶子径自将一脸怒气站在门前的柳吉拉进门里，硬是把他拖到二楼，柳吉的头撞到天花板。“好痛！”今天实在太生气了，不好好折磨他一番无法消气。

柳吉发誓再也不到外面拈花惹草，但蝶子的折磨一点作用都没有。过不久柳吉又开始放荡。然后回家时又害怕蝶子的折磨而变得脸色苍白。渐渐变圆润的蝶子，每次折磨完柳吉后，也开始上气不接下气。

柳吉在外游乐挥霍的钱已经累积到不小的金额，游乐后的隔天他满脸惨白，一点都不敢再拿酒杯，只是默默地搅拌锅子。但四五天后，老是替客人热酒的他终于受不了，将没混的酒倒满酒壶，再拿到铜壶里浸泡。一看就知道对生意厌倦了，喝醉后又照例变得豪放，开始出外寻乐。简直是染屋的白袴，根本是为了柳吉的玩乐才做生意的蝶子渐渐感到后悔。生意更兴隆，支付酒商的钱也不必再赊账，生意顺利上轨道却不得不结束营业，蝶子告知柳吉，柳吉当场同意。

贴出“本店转让”的纸张后，店就这么一直关门。柳吉去练习净琉璃。存款日渐变少，店却一直找不到接手的人。蝶子暗自盘算，是否应该要三度复出雇女的工作。某日，从二楼的窗子往大街上眺望，感觉全是客人，不做生意实在可惜。对面五六家店前方有一家水果店，红的黄的绿的色泽争妍，好不热闹。出入的客人也很多。突然想到卖水果倒是不错的生意啊，坐立难安，待柳吉学完净琉璃回家时，立即提议：“我们来开水果店吧！”柳吉却一点兴致也没有。似乎觉得到了连肚子都填不饱的地步，就去梅田央求吧。

某一天，他似乎真的去了梅田。回来后说道，央求妹妹时女婿突然出来应对，那人不但是个不理解对方的老顽固，还小气得紧，结果一毛钱都没有拿到。然后一脸苦涩地说：“那就来开水果店吧。”

将关东煮的道具全部卖掉，改造店面。不论是进货还是其他方面资金明显短缺，只好将衣服及头饰等拿去典当，甚至去向阿锦借钱。阿锦讲了一个小时柳吉的坏话，最后说道：“蝶子你真的是可怜人啊。”借了一百日元给蝶子。

然后直往上盐町的种吉住处，拜托种吉，我们要开水果店，可以来帮忙两三天吗？柳吉不知道怎么切西瓜，所以需要有经验的种吉尽快来指导，这次换柳吉开口："我有一件事想拜托父亲啊。"种吉年轻时曾到阿辰的家乡大和买了一车子的西瓜，到上盐町的夜店现切现卖。当时蝶子只有两岁，阿辰背着蝶子，也就是说，亲子三人一起出动，一个晚上就卖完了一百个西瓜，种吉说了这番以前的事，乐意帮忙之至。开关东煮的店时，提议要帮忙却被柳吉回绝之事早就已经忘了。但开店之日，发现斜对面就有家水果店，这么一来，"西瓜店的对面又开了一家西瓜店，真是西瓜同好对眼相看啊"，竟说出澹海节[①]的名文，真是兴致好啊。对面的水果店有一半是卖冰，西瓜冰成了吸引客人的点，自然蝶子只能以厚切西瓜来对抗了，但种吉的切法也实在太豪气。一个八十钱的西瓜切成十钱一块，算算到底能切几块，柳吉在一旁看得忐忑不安，种吉只说道："以切片来吸引客人，以整颗来

① 喜剧演员志贺廼家澹海作词作曲流传的歌曲，1916 年在戏里演唱后广为流传。译者注。

赚钱，看似损失但结果是赚钱啊。”接着大声喊：“来噢，西瓜、西瓜，好吃的西瓜大降价！”对面店家的也不服输地叫着。蝶子当然无法默默地看，娇媚地喊：“便宜好吃的西瓜！”因为语调柔媚，引来了客人。蝶子将钱包吊在脖子前，把卖出的钱和找零的钱放进掏出。

早上蝶子进到街区里沿店家叫卖西瓜。“好吃的西瓜”，声音异常好听，笑容又甜美，且性格干脆，让人无法抗拒，娼妓们成了蝶子的常客。“明天要再来卖噢。”此时交由柳吉背着西瓜切片去兜售。“昨天的大姐呢？”噢原来是你太太啊，真是个好太太啊，被这么一称赞反而不是滋味，柳吉一脸苦涩，沉默以对，看不出来是个一玩乐就不可收拾的男人。

专心学习了四五天后，柳吉学会了切西瓜的要诀。种吉刚好因氏神祭典受托兼差，趁此机会收手。我回去了，苹果要好好擦拭，显出光泽，水蜜桃最好不要用手摸，水果绝不能沾上灰尘，要保持干净，叮咛完后就走了。虽然按对方所说的用心经营，但不知为何水蜜桃一下子就腐烂了。无法放在店面陈列，虽不舍也只好丢弃。每天丢弃的水果很多。但减少种类的话，会让店面看起来很寒酸，实在让人焦虑。虽然赚得多，但把损失的份算进去，水果店也不是这么容易经营的生意，渐渐明白这点，柳吉逐渐失去了元气，蝶子担心他是不是又厌倦了。但这样的担心成真之前，柳吉生病了。很久以前就不好的胃肠，定期得到二井户的实费医院去报到，接着尿里含血，小便就得花上二十分钟，实在无法对外人启口。之前患了什么怪性病，搞得蝶子生气地说“这个人也太糟了”，迷信到爬到屋顶将猫粪和明矾混合煎成药水给柳吉喝，因为有效，这次心想再次如法炮制，默默放入味噌汤里，柳吉一喝变了脸，但却没发现，以为是生了怪病味觉失调的关系。蝶子暗自在内心祈求魔药有效，没想到情况更加恶化。小便时开始发出哭泣声，岛内的华阳堂医院是泌尿科专科医院，到那里看诊，尿道放入管子诊查后，断定是“膀胱不好”。到医院看了十天，觉得真是太愚蠢，人没有变好反而越来越瘦。也有可能是误诊，改到天王寺的市民医院去看看吧，诊断结果不同。照了 X 光，断定是肾脏结石，虽对华阳堂医院怀恨在心，但在误诊时反而心情轻松，不觉为之怅然。医生说道，如果怕死就赶快住院。柳吉于是就这么匆忙地住了院。

为了照顾柳吉，蝶子不得不把店关了。水果只会腐烂，虽感到可惜，也曾想过拜托种吉，但碰上运气坏的时候也没辙。母亲阿辰刚好四五天前卧床不起，诊断是子宫癌。去金光教[①]祈求取了水，更加衰弱，卧床不起时已经是无法救治的状态了，镇上的医生来看诊后说道，动手术身体负担太大，太可怜了，阿辰自己也拒绝手术并且拒绝住院。当然还有钱的问题。刚开始连打针都说不要，但身体痛到像要被撕裂，只好打针减轻疼痛，这才终于能放松然后入睡，尝到止痛针的甜头，一感到痛苦即使半夜也哭喊着“快给我打针、打针”，把种吉叫醒。种吉揉着惺忪的睡眼到医院去。“这是麻药，打得太频繁很危险啊。”医生回绝。“反正已经是半死不活了。”睁大眼睛央求。弟弟信一在京都下鸭的当铺工作，母亲真的快要不行

① 幕末时期成立的新宗教，日本神道教十三派之一。赤泽文治创立，本部位于冈山县浅口市。译者注。

时，必须赶紧通知弟弟回来。因此种吉忙得分身乏术，蝶子也只好死心，又得付住院医药费，只好把店给卖掉。

还好运气不坏，立即找到买手，收到二百五十日元的现金，但转眼用光。决定要动手术，动手术前得先养好体力，每天喝两瓶进口药，一瓶要价五日元，住院费用也高得惊人。蝶子雇用看护，委托看护夜间照顾柳吉，再去当雇女。但实在救不了急。手术眼看就是这一两天了，急需用钱。蝶子的歌也失去了以前的光彩。搭赤电车回家，手插进腰带里，心情沉重。跟阿锦借的一百日元也没能还。

拖着沉重的脚步，到梅田新道的柳吉家拜访。只有养子出来见面，不要求很多，头贴榻榻米哀求，却一点都没有用。

“这个家的一切由我管理，我才不会借给你们一毛……”要不是这种情况，我死也不会来求你的，蝶子转身往外跑，却激动得脚步都走不稳。到种吉的住处，探望病床上的阿辰，阿辰说道：“我不要紧，你去探望维康吧。他生病了你也不能好好煮饭吧，在家炖些汤和菠菜拿回去吧。”阿辰的心宛如佛陀，看起来就像死期将近的人。

和阿辰不同，柳吉看到蝶子迟迟未来开始口出恶言，这个人看起来暂时还不会死。总之两天后切掉了一边的肾脏，动了大手术，之后生龙活虎，直嚷：“水、水，给我水。”因为被提醒一定不能让他喝水，蝶子丹田使力，无视柳吉的呻吟。

某天，一位年轻的女人带十二三岁的女孩来探病。从长相一看就知道是柳吉的妹妹。蝶子一时紧张不已，“没想到您会来啊”，首次见面却吐出这样的话。带来的女孩是柳吉的女儿，今年四月要上女校，穿着水手服。摸摸她的头时，她皱着一张脸。

一小时后两人离开。似乎是瞒着丈夫偷偷来的。“那样的养子根本不用顾虑他！”柳吉朝妹妹的背后吐出这句话。送她们到走廊时，妹妹突然说：“大姐的辛劳父亲最近终于明白。真的是对大哥有情有义啊。他这么说。”接着默默地把钱紧握在蝶子手里。蝶子连粉都没搽，头发散乱，和服也破旧不堪。可能是看了蝶子的样子心生同情才这么说的吧，但蝶子很想要相信这番话。花了十年才被柳吉的父亲理解，被叫大姐也很开心，因此一瞬间想要把钱回绝。但被妹妹强握在手里，后来一看有一百日元。真的很感激，甚至不知所措。

傍晚接到电话，是弟弟的声音，心脏暂停了一下。听到是母亲病危的消息，从电话室立即回到病房通知柳吉，柳吉却喊着“给我水”，然后哀鸣：“你、你、你母亲重要，还是我重要？我也可能随时会死去啊。”蝶子坐在椅子上，双手交叉在胸前。过了好久眼泪才落下。秋天的医院，庭院传来虫鸣声。

不知过了多久，从隙缝中吹进来的风让人感到寒冷，已经完全入夜。“维康先生，电话！”突然胸口一阵骚动，接过电话，这次不知是哪个女人的声音道：“已经断气了。”蝶子就这么冲出医院。“蝶子因担心你，竟遭遇如此可怜的境遇，连母亲最后一面都没见到，实在太可怜了。”附近的女人们红着眼，故意在柳吉面前这么说。三十岁的蝶子在母亲的眼里依然是个孩子，种吉哭着说。背后感受着被人当成不孝女的眼神，取下白布，以水沾湿母亲的唇，蝶子强忍悲伤。“我的先生也生病了。”在内心如此对自己说，守夜也草草就离开。深夜走在返回医院的途中，忍不住泪水崩堤。回到病房柳吉突然以恐怖的眼神示意。“你上哪儿去了？”蝶子只回了一句：“死了。”然后两人沉默不语，只能互相瞪着对方。柳吉的冷淡视线不由得让蝶子感到压迫。蝶子当然也不认输，高傲得像蛇一样不自觉抬高了头。柳吉的妹妹给的一百元现金即使不是全额也要把一半花在母亲的丧礼上，蝶子暗自下了决定。至少让我尽最后的孝心吧，但看着柳吉削瘦的脸庞实在说不出口。

担心似乎是多余的。种吉平常兼差抬棺的葬仪社把种吉看成亲人，免费为种吉张罗葬礼事宜，而且还办得颇为盛大。再加上阿辰不知何时自己偷偷在邮局买了简易养老保险，一日元的保费竟然换来了五百日元的保险金。在上盐町住了三十年也算人面识广，送上慰劳品回礼补贴许多人来参加丧礼的市电交通费，回了香奠礼后，还剩二百日元。种吉来到医院探病，把一百日元当成探病慰劳给了蝶子。父亲的宠爱之意沁入蝶子心扉。蝶子将柳吉的妹妹的话转告父亲，也就是柳吉的父亲夸奖蝶子的辛劳的话，种吉听了直说“这真的太好了”，自阿辰死后首次展现了笑容。

柳吉不久出院，到汤崎温泉疗养。费用则由蝶子当雇女赚取后寄给他。一个人租二楼的房间不划算，蝶子干脆到种吉的住处过夜。要给种吉自己的饭钱，但种吉不肯收，说是亲人还客气什么。他心知蝶子赚的根本不够寄给柳吉。

知道蝶子回到老家，附近的有钱人竟然上门露骨地说要纳蝶子为妾。以前木材屋的店主已经死了，儿子和柳吉一样四十一岁，他也一样提出了要求。蝶子只能一脸感谢，无法断然拒绝，是为了不想破坏和邻居们的关系，另一则是因为艺伎时代私奔的名声还残留着。每次被说其实你还年轻时，蝶子总是重新审视自己。但内心却不为所动。每天晚上都梦见在汤崎疗养的柳吉。某日因为做了不吉利的梦，甚至亲自前往汤崎。“每天应该只能钓鱼解闷，过着寂寞的生活”的柳吉，却在这里招来艺伎散财。当然也不忌口地喝酒。抓来女侍追问个仔细，没想到这一星期每天都这么过日子。这些钱到底从哪儿来的，自己攒来的钱只勉强能付住宿费，应该连抽烟的钱都没有才是，正当怀疑时，才从女侍嘴里得知，柳吉向妹妹央求了好几次，知道内情后，蝶子眼前一片黑。靠自己的力量赚钱让柳吉疗养，这样的辛苦还算值得，或许能因此获得柳吉的父亲的赞许。这样跟妹妹哀求要钱的举动，让自己的辛苦简直化成泡影，她不由泣不成声。蝶子越是对自己的行为感到值得，柳吉对自身的价值越是毫不在意，这点让蝶子非常看不惯。但是，那么舍身尽力，面对柳吉时却什么都说不出口。柳吉只是一脸无趣，乖乖地听蝶子的质问。再者据女侍所说，柳吉偷偷叫女儿到汤崎来，带她去看千叠敷和三段壁等知名胜地。到了柳吉这样的年纪，想表现这样的父爱也是必然的，只是觉得遭到背叛。逼问柳吉，要他把女儿接过来三个人一起生活，柳吉却没有答应。女儿的事一副无关紧要的样子，要蝶子别往自己脸上贴金。这一切让蝶子不由得怒气直上，把酒杯往房间的玻璃障子丢去。艺伎们纷纷逃离。不久后蝶子又指名把之前的艺伎叫来，说明自己原本也是艺伎，不想因为争端而迁怒艺伎们的生意。不知是因为体贴的心意还是因虚荣心，内心难受却故意为之。自己的残虐行为带来快感。

和柳吉一起回到大阪，在日本桥的御藏迹公园后方租了二楼的房间，蝶子和以前一样外出当雇女。下次一定要退掉二楼的房间，认真租一栋房子，好好做生意，如此一来柳吉的父亲应该会夸奖自己是个了不起的女人吧，这样就能成为正大光明的夫妻了吧。柳吉的父亲已经中风卧床超过十年，普通人应该早就死了，他却依然活着，但随时有可能寿终，蝶子因而感到心焦。但是，柳吉才刚大病痊愈，还需要饮用滋养剂或打针治疗，花费不赀，过了半年只存了三十日元。

一天傍晚，蝶子提着三味线的行李箱在日本桥一丁目的交叉路等换电车时，突然有人搭话："这不是蝶子吗？"是北新地在同一位雇主之下吃同一锅饭的艺伎金八。由她身上的短披就知道她应该际遇不错。受金八的邀约，一起到戎桥的丸万吃寿喜烧。这一天赚的钱就这么花掉了让蝶子有点在意，但在有出息的朋友面前，也不好拒绝。当时的雇主是个小气吝啬的人，提供的餐里只有一尾盐渍沙丁鱼，那时两人互相勉励，有一天必要出人头地给雇主好看，说到这些过往之事，蝶子为现在的自己感到惭愧。金八在蝶子私奔后不久就被赎身，成为矿山师的妾，后来正妻死了，就顺利扶正，现在对矿山的买卖颇有心得："自己这么说有点不好意思……"但目前的际遇已经够好了，足够过富足安稳的日子。说到此，金八突然说："蝶子你也真是的，当时一起发过誓要出人头地让雇主好看，为了实现以前的梦，蝶子也务必争出一片天啊。不管是一千日元还是两千日元，只要你开口我免利息无期限借给你。"有没有想做的生意，她立即询问了蝶子的想法。真是地狱里佛陀现身啊，蝶子不由得感激落泪，看着金八身上的衣裳饰品，从头到脚赞美了一遭。"做什么生意才好呢？"蝶子的用语也变得谨慎客气。"这么说来"，正走出丸万，就到歌舞伎町旁的算命摊问问看吧。被告知适合做水生意[①]。"你

① 接待客人的生意。

做水生意我做矿山生意，水和山，配得正好啊。”于是就这么定案。

回家后跟柳吉说明原委，柳吉回道：“你还真有朋友运啊！”语气里带着刺，但暗中却觉得再如意不过。

决定经营咖啡店，隔天立即去找中介商，找适合咖啡店的物件。正想着找不到理想的物件，没想到转让的咖啡店很多，生意好的店也要出售，这么看来咖啡店经营似乎不是很容易，正当进退维谷犹豫不决时，最后蝶子的自信赢了。只要运用手腕，即使女侍的长相不那么标致，肯定没问题的。一间一间探访正转让的店面，结果看中下寺町电车站前的店，离二井户到道顿堀，甚至千日前的热闹地段有点距离，但价钱适中，店也小巧又有品位，便下定决心。附加室内装潢家具共八百日元。和飞田的关东煮破旧的店面不可比，算便宜的吧。为保险起见请金八来看。“这里的话，我肯定也会想进门光顾。”条件没话说。接手后咬牙决定把店的内外改装，又加了霓虹灯，一心只想气派地开幕，似乎花再多钱也不在乎。

名字一样用“蝶柳”，只是在前面加上了“沙龙蝶柳”，留声机播放着新内、端歌等净琉璃曲目，女侍一律采用梳日本发型或淳朴有气质的女性，刻意不要大家穿没品位的洋装，也不采用卷发的女孩。吧台的气氛更像料理台，柳吉在里面做些生的醋腌前菜，蝶子则是一副茶屋风情的娇媚模样。所有一切都采用日本风，这样反而有趣，吸引了上等的客群，唯有喝咖啡的客人待得不太舒服。

不到半年成了人声鼎沸的名店。蝶子的仕女形象也成了招牌。当有新的女侍“亲自”来要求面试时，蝶子总把人家从头到脚迅速地品评一番，渐渐也练就了看穿女人本性的本事。有一位带着异样氛围的女侍来到店里，不仅体态及打扮穿着，连眼神都带着色诱男人的感觉，实在不想雇用，但因面貌姣好而屈就。开始工作后，女人不但一直黏着客人，还小声在耳边说些悄悄话，蝶子看了很不满，但客人似乎都买那女人的账，故也不好把她解雇。有时她甚至会要求二三小时的休息时间，和客人外出。这样的事频繁发生后，客人也就不太上门了。本来认为客人肯定会因此常来，没想到她和客人混熟了，也就没有必要专程来店里见面了。并且为了和客人见面租了房子。换句话说，利用咖啡店的工作私下从事见不得人的事。把她赶走时，其他的女侍开始动摇。一个一个寻问后，原来每个人都学那个女人，至少都做过一次出轨之类见不得人的事。或许大家担心如果不这么做，客人就会被那女人给抢走吧。总之，蝶子因而升起一股厌恶的情绪。要是她们都学会这样就麻烦了，于是把女侍全部解雇，重新雇用了一批温和的新人，这才终于解除了危机。如果店里默许女侍这么做，女侍都学坏的话，店也就经营不下去了，后来听说确实发生过类似的案例。

女侍换了，客群也跟着改变，报社相关的人士变多了。记者的眼神不至于尖锐令人不舒服，整体来说开朗又带点孩子气，不称蝶子女士，而叫“欧巴酱”[①]，这让蝶子的心情大好。连店主柳吉“欧桑”[②]也被叫出外场，和客人一起有说有笑，店里的

---

① 日语音译，有“阿姨”之意。

② 日语音译，有“大叔”之意。

气氛就像大家庭。喝醉的柳吉常直呼记者的绰号:“喂，那个，珠葱。”有时甚至跟客人去二次会，开车到今里新地。蝶子在客人面前当然保持风度面带笑容，但如果柳吉在外过夜，还是无法原谅。附近的人都在暗中叫蝶子“恶婆娘”。女侍们只是看好戏，表面上站在蝶子这一边，说老板的不是，但心里真正怎么想没人知道。

蝶子暗忖是向柳吉提议“要不要把女儿接过来”的时候了，但柳吉总是敷衍地说:“再过一些时候吧。”身为父亲“自己的女儿没有不爱的”，是女儿不想来。以青春期女生的年纪来说，经营咖啡店的生意让人感到羞耻也可以理解，但原因没有这么单纯。母亲死前一有机会就对女儿说，父亲被外面的坏女人拐跑了，但蝶子还是不死心地要求着。穿水手服的女儿曾来过“沙龙蝶柳”一两次，总是一副臭脸。蝶子心情一好总想讨女儿欢心，说:“你还学英语啊，我可是对英语一窍不通啊。”只换来女儿以鼻子讪笑的回应。

某天，女儿在蝶子没有邀请的情况下突然跑来。

蝶子满脸皱纹堆着笑说道："欢迎啊，怎么来了？"低头上前迎接，女儿跑到柳吉身边压低声音道："祖父病情恶化，请立即回家。"

蝶子原本想和柳吉一起赶回家，却被柳吉阻止："你待在家里等吧。现在一起去只会让场面难看。"蝶子感到很怅然，发呆了一阵，对柳吉提出最后的请求："在父亲尚有一口气时，请在枕边请求他老人家承认我们的夫妻关系，拜托了。父亲如果点头立即通知我，我马上赶过去。"

蝶子立即前往服装店，定做了绣上家纹的两件丧服。在家等待柳吉的好消息，却苦等不到。柳吉也没现身。两天后绣上家纹的丧服做好送来了。第四天的黄昏接到电话。心里盘算着，总算和解了，应该是来叫我去的电话，脸上一阵红。"喂，喂，我是维康。"说完后，柳吉接着道，"你、你、你，你欧巴桑吗，老爷刚才死了。""啊！喂，喂，"蝶子的声音颤抖着，"那我立即赶过去，有家纹的丧服准备好了。"脚下着急地无法站稳，但这句话明确地说了出口。柳吉却回："你不必来，来了场面尴尬。养、养、养子……"

后面她无心听下去了。连葬礼也不得参加，会不会太过分了，怒火中烧。医院走廊下柳吉的妹妹所说的话是真的吗？还是柳吉输给了顽固的养子？完全没心情想到这一步。家纹在脑里挥之不去。回到店里，上到二楼关在房里。不久，把门窗给关了，拔了瓦斯管上来。“女士，今晚吃寿喜烧吗？”楼下传来女侍的声音。转了瓦斯栓。

夜里柳吉回来取丧服时，瓦斯表发出嘶嘶的尖细声。屋里充满了异臭。惊吓之余他立即爬到二楼，开了门。以圆扇不断扇着风，叫了医生，蝶子因而及时得救。甚至上了报。报纸记者在太平盛世之下仍不忘人世间的情爱纷乱，报上刊登了弱者企图自杀的同情文章。柳吉以葬礼为借口就此逃避，再没有回来。种吉到梅田去探问，似乎也不在老家。当痊愈能下床后，蝶子到店里去，客人纷纷安慰，店也因此恢复了以前的盛况。还有客人趁机要求蝶子当妾。她每天早上都化着浓浓的妆外出，是真的想当别人的妾了吗，这招来邻居恶评。但其实她是希望柳吉早点回来，到金光教的道场去参拜。

过了二十几天，柳吉寄了信给种吉。说明自己已经四十三岁，而且患过一次大病，所剩时间应该也不长，想要好好地疼爱女儿弥补过往的缺失。他想在九州的某地做点零工养活自己，然后接女儿一起度过余生。明白蝶子的境遇实在很可怜，请代他向她问好。蝶子还年轻，人生还能重新来过等等。这绝不能让蝶子看到，种吉于是把信烧了。

过了十天，柳吉悄悄返回“沙龙蝶柳”。说自己消失不联络是策略，为了证明给养子看他和蝶子已经分手，但其实是想要钱，老爷子既然死了，没分到遗产怎能罢休，所以才故意叫蝶子不要来。蝶子相信柳吉。柳吉说道：“怎么样，我、我、我、我们去吃好吃的东西吧。”邀蝶子外出。到法善寺境内的“夫妇善哉”。道顿堀的大道和千日前的大道交会的一角，有个古老的阿多福人偶，前面挂着的红色的大灯笼上面写着“夫妇善哉”，似乎是老夫老妻常光临的店。当然点了“善哉”[①]，是夫妻之意，一个人面前端上了

① 红豆年糕汤。译者注。

两碗红豆汤。坐在棋盘格子的和室地板上，发出啜着红豆汤的大音量，柳吉说："这、这、这里的红豆汤啊，每人各有两份，你知道吗？不知道吧。这里是以前叫什么大夫什么净琉璃的师傅开的店，比起很大一碗，不如分成两小碗看起来分量还多一些，他的主意很厉害吧。"蝶子回："比起一个人，当然是夫妻两人才好吧。"然后竖直衣领，用力摇着肩膀。蝶子也变得丰腴，屁股几乎把坐垫整个盖住了。

蝶子和柳吉开始专心练习净琉璃。在二井户天牛书店的二楼客间举办的素人义大会上，柳吉配合蝶子的三味线，说唱起"太十"[①]，获得了二等奖。奖品是加大的坐垫，蝶子每天爱用。

（昭和十五年八月）

① 江户中期的人形净琉璃及歌舞伎的演出曲目。译者注。

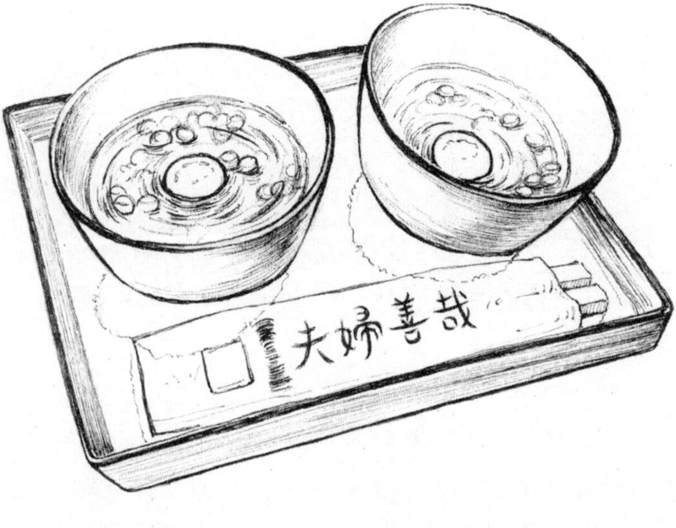
夫婦善哉

◎作者简介

织田作之助

1913—1947

小说家，昵称“织田作”。1913 年 10 月 26 日出生于大阪，1938 年发表小说《雨》备受同乡前辈作家武田麟太郎（1904—1946）注目，隔年发表《俗臭》获芥川奖候补，1940 年以短篇小说《夫妇善哉》获改造社第一回文艺推荐作品奖，于文坛取得一席之地。擅以平民化方言写大阪庶民生活。战后，以敏锐的观察描写混乱世相与风俗，发表《世相》《竞马》，一跃而成流行作家，与太宰治、坂口安吾等同列无赖派、新戏作派。

◎轻知日

一、茶屋“夫妇善哉”——1883年创立，位于大阪道顿堀巷内。店内只卖“善哉”（红豆汤），并将一人份分成两碗，左侧的碗代表男性，右侧代表女性，比喻夫妻关系很好。1940年织田作之助发表将故事背景设定于此的同名小说，1955年由丰田四郎执导、森繁久弥和澹岛千景主演的同名电影亦于此店取景。

二、咖喱店“自由轩”——明治四十三年（1910）创立，位于大阪难波，是大阪第一间西洋料理店，贩卖的名物咖喱饭令织田作之助流连忘返。自由轩本店店内至今仍装饰由织田亲赠给老板的个人照片，老板装帧后标注“豹死留皮，织田作死留咖喱”，以此感念文豪对咖喱的喜爱。

三、生国魂神社——相传建于公元前660年初代神武天皇即位时，1580年焚毁，1583年丰臣秀吉兴建大阪城时于现址重建，是代表大阪的古神社之一。织田作之助像和歌碑坐落于境内。

图书在版编目（CIP）数据

红豆年糕汤：暖胃暖心的餐桌故事/（日）太宰治等著；黄碧君译.
—北京：中译出版社，2022.4（2022.10重印）
（和风录）
ISBN 978-7-5001-7024-2

I. ①红… II. ①太… ②黄… III. ①散文集－日本－现代
②小说集－日本－现代 IV. ①I313.15

中国版本图书馆CIP数据核字（2022）第046373号

出版发行： 中译出版社
地　　址： 北京市西城区新街口外大街28号普天德胜大厦主楼4层
电　　话： （010）68359827，68359303（发行部）；68359725（编辑部）
传　　真： （010）68357870　　**邮　　编：** 100088
电子邮箱： book@ctph.com.cn　　**网　　址：** http://www.ctph.com.cn

出 版 人： 乔卫兵　　**总 策 划：** 刘永淳
策划编辑： 范祥镇　　**责任编辑：** 范祥镇　王诗同
营销编辑： 吴雪峰　杨佳特　董思嫄　　**版权支持：** 马燕琦　王立萌　王少甫
封面设计： 黄　浩

排　　版： 中文天地　　**印　　刷：** 北京中科印刷有限公司
经　　销： 新华书店

规　　格： 787 mm×1092 mm　1/32
字　　数： 77千字　　**印　　张：** 5.875
版　　次： 2022年4月第1版　　**印　　次：** 2022年10月第2次

ISBN 978-7-5001-7024-2　　**定　　价：** 48.00元